Weck, Worscht – Mord

Weck, Worscht – Mord

Herausgegeben von Antje Fries und Angelika Schulz-Parthu

LEINPFAD
VERLAG

Die Handlungen und alle Personen sind völlig frei erfunden;
Ähnlichkeiten wären rein zufällig.

Umschlag: kosa-design, Ingelheim
Lektorat: Antje Fries, Angelika Schulz-Parthu, Frauke Itzerott
Layout: Leinpfad Verlag, Ingelheim
Druck: TZ-Verlasgs & Print GmbH, Roßdorf

Leinpfad Verlag, Leinpfad 5, 55218 Ingelheim,
Tel. 06132/8369, Fax: 896951
E-Mail: info@leinpfadverlag.de
www.leinpfadverlag.com

ISBN 978-3-942291-33-0

INHALT

Vorwort   7

Vorspeisen und andere Kleinigkeiten …   **9**
Candlelight-Dinner *von Isabella Archan*   11
Rezept: Rheinhessische Kartoffelsuppe
(Rhoihessisch Grumbeerbrie)   22

Pesto letale *von Claudia Platz*   23
Rezept: Bärlauchpesto   36

Platzpatronen an Majorandressing
von Heidi Moor-Blank   37
Rezept: Schweinelende in Majorandressing   46

Mordsbrezel. Protokoll eines Anschlags
von Karsten Eichner   47
Rezept: Laugenbrezeln   55

Haupt-Gerichte   **57**
Lewwerknepp *von Jürgen Heimbach*   59
Rezept: Leberklöße (Lewwerknepp)   81

Dateiname: herbst *von Gabriela Wenke*   82
Rezept: Wildschweingulasch   92

Toter Hase *von Sarah Geraldine Nisi*   93
Rezept: Dippe-Has'   99

Ach, Liebling *von Angelika Schröder* 100
Rezept: Backeskartoffeln
(Rhoihessische Backesgrumbeere) 107

Charlotte wacht auf *von Elisabeth Heinemann* 108
Rezept: Ullis Zander im Bierteig 125

Einmal zu viel gemeckert *von Ines Heckmann* 126
Rezept: Quer durch den Garten-Gemüsesuppe
(Quer dorsch de Gaade-Supp) 135
Rezept: Zwetschenkuchen
(Quetschekuche) 136

Zum Schluss etwas Süßes? **137**
Tod auf dem Fronberg *von Andrea Tillmanns* 139
Rezept: Dreizackweck 148

Das Quitten-Piffche *von Antje Fries* 150
Rezept: Quittenlikör 160

Gertenschlank *von Petra Scheuermann* 161
Rezept: Rheinhessische Latwerg-Käse-Torte 176
Rezept: Pflaumenmus
(Latwerg) 177

Le Meur und der Galerist *von Jürgen Edelmayer* 178
Rezept: Dampfnudeln mit Weinsauce 184

Weckschnitten mit Weinsauce *von Sabine Zwetsch* 185
Rezept: Weckschnitte mit Woisoß 197

Die AutorInnen 199

VORWORT

Rheinhessen ist – obwohl größtes deutsches Weinanbau-
gebiet – ein Geheimtipp für Genießer. Zahlreiche liebevoll
gepflegte Weingüter öffnen mittlerweile ihre Tore für Wein-
freunde und haben stilvolle und kulinarisch anspruchsvolle
Einkehrmöglichkeiten eingerichtet, in denen meist regional-
typische Speisen angeboten werden.

Regionaltypisch muss dabei absolut nicht immer deftig heißen, denn die Weiterentwicklung traditioneller Rezepte ver-
spricht manch' raffinierte Spezialität.

Dass es aber in einer der sonnenreichsten Gegenden Deutsch-
lands auch Schattenseiten gibt, muss ich an dieser Stelle ganz
offen zugeben: Das kriminelle Gedankengut scheint gerade
hier extrem fruchtbar Blüten zu treiben. Und weil es obendrein so wenig Bäume in der Gegend gibt und der wissbegie-
rige Rheinhesse gern und gut durch die vielen Rebzeilen hindurch zugucken kann, haben einige aufmerksame Beobachter
notiert, was sich in der Region zugetragen hat – oder sollte
doch alles komplett ihrer Fantasie entsprungen sein?

Urteilen Sie selbst und lassen Sie sich die zu den Texten pas-
senden kulinarischen Genüsse nicht entgehen, denn selbst
gekocht sind sie in jedem Falle völlig unbedenklich ...

Viel Vergnügen mit unseren mörderisch-kulinarischen Kurzkrimis und dem kleinen rheinhessischen Kochkurs inklusive!

Antje Fries und Angelika Schulz-Parthu, November 2011

VORSPEISEN UND ANDERE KLEINIGKEITEN ...

CANDLELIGHT-DINNER
Isabella Archan

Das Messer rutscht ab und sie schneidet sich in den linken Mittelfinger. Ein Tropfen Blut quillt aus dem Schnitt, sie wischt ihn achtlos an ihrer weißen Schürze ab. Ein zweiter Tropfen klebt auf einem Stück Kartoffel.

Sie senkt ihren Kopf und kichert in ihre Schürze hinein.

„Und die geheime Zutat ist: ein Tropfen Blut ..."

Sie lebt schon so viele Jahre allein, dass das Selbstgespräch ihr Partner geworden ist.

Sie saugt an ihrem mittleren Finger. Es sticht und das Blut schmeckt kupfern.

Sie geht durch die Schwingtür in das kleine Wohnzimmer, der gedeckte Tisch mit Blumen und Kerzen strahlt in reinem Weiß. Ihr Besuch kann kommen. An der Kommode öffnet sie eine Schublade und holt ein grünes Pflaster heraus. Sie reißt die Hülle auf und umwickelt die Schnittstelle. Das Bluten hat schon aufgehört.

Aus der Küche kommt das brodelnde Geräusch von kochendem Wasser. Schnell läuft sie zurück, wirft die geschnittenen Kartoffeln und Zwiebeln in den Topf, ein Lorbeerblatt und drei Nelken mit hinein. Während alles kocht, wird sie die Leberwurstklößchen vorbereiten. Alles hausgemacht. Für ihren Gast. Ihren neuen Prinzen.

Ein Film zieht an ihrem inneren Auge vorbei.

Frank und sie küssen sich. Ein langer Kuss, ihre beiden Lippen öffnen sich, ihre Zungen berühren sich. Ein Leberwurstklößchen wandert von seiner Zunge zu ihrem Mund und sie beißt hinein. Doch in Wahrheit hat sie in Franks Zunge gebissen und erschrocken springt er von ihr zurück. „Fleisch bleibt Fleisch, mein Klößchen", hört sie sich sagen.

11

Über diese schräge Phantasie muss sie so lachen, dass ihr die eigene Spucke über das Kinn und auf die Schürze tropft.

Sie wischt sich die Spucke ab, überprüft die Zutaten für das Essen und kocht weiter.

Sie lächelt schüchtern.

Frank lächelt zurück und zwinkert ihr mit seinem linken Auge zu.

Sofort steigt heiße Röte in ihre Wangen und sie senkt den Blick.

Der Kerzenschein wirft einen Schatten quer über ihre Nase und streift ihre rechte Augenbraue.

„Soll ich jetzt die Suppe …"

Ihre Stimme ist ein Flüstern, das über die weiße seidene Tischdecke läuft.

„Ja, gerne …"

Ihr Name ist Frank für diesen Moment entfallen.

„Liebes!"

Ja, das kommt gut.

Wieder lächelt sie weich und ihr Blick huscht zu den weißen Blumen. Alles weiß auf dem Tisch. Die Kerzen umspielen die Dekoration mit einem gelblichen Glanz, flackernde Schatten laufen wie winzige Zwerge darüber.

Sie steht auf, der Stuhl rückt mit einem Quietschen nach hinten. Die Küche ist durch eine Schwingtür zu erreichen.

Frank nutzt die Gelegenheit und holt schon mal den Draht aus seiner Sakkotasche. Die Schärfe und Stabilität fühlt sich in seinen Fingern gut an. Er wickelt gekonnt die Enden um seine Mittel- und Zeigefinger, lässt den Draht in einer Schleife um seine Daumen laufen.

Die Schwingtür schwingt. Es duftet aus der Küche.

Schnell verschwinden seine Hände mit der Drahtschlinge unter der Tischkante.

Sie steht mit einer weißen Suppenterrine in den Händen für einen Moment lang wie ein Foto im kleinen Wohnzimmer. Sie ist hübsch. Blass, aber von einer stillen Schönheit. Nur mit dem roten Lippenstift hat sie übertrieben. Dann zieht sie die Luft ein und blickt mit Verwunderung zu Frank, als könne sie es nicht glauben, einen Gast hier zu haben. Einen männlichen Gast.

„Rhoihessisch Grumbeerbrie!"

Ihr Dialekt könnte bezaubernd sein, wenn ihre Stimme vor Aufregung nicht kratzen würde. So muss er an einen rheinhessischen Frosch denken und grinst.

Sie versteht das falsch.

„Entschuldige, Frank, das ist eine rheinhessische Kartoffelsuppe … hausgemacht!"

Sie lächelt wieder zaghaft.

Franks Magen knurrt.

Er plant neu, wickelt unter dem Tischrand den Draht aus seinen Fingern, lässt die Schlinge lose auf seinem rechten Knie liegen.

„Ich sterbe vor Hunger!"

Seine Aufmunterung gibt ihr Schwung und sie steuert den Tisch an. Vorsichtig stellt sie die weiße Terrine zwischen den brennenden weißen Kerzen auf dem Tisch ab. Es dampft.

Dieser Duft.

Sie streicht ihren Rock glatt, hebt die Hand, ein Pflaster klebt an ihrem Mittelfinger wie ein grüner Kranz. Sie streicht sich bedacht das dunkle Haar hinter ihr linkes Ohr.

Frank gefällt diese Geste, er wird sie doch vorher noch vergewaltigen. Oder hinterher?

Sie hebt eine Kelle aus der Terrine, dicke gelbe Suppen-

tropfen rinnen herunter. Frank hält seinen Teller hin, dreimal taucht sie die Kelle wieder ein, bevor Frank „Genug,
genug!" ruft. Sich selbst füllt sie nur eine halbe Kelle in ihren
weißen Teller, setzt sich. Die Kerzen flackern von ihrer Bewegung.

Frank merkt, dass er sich wohlfühlt.

Er schaufelt sofort einen großen Löffel Suppe in seinen
Mund. Die heiße Köstlichkeit verbrennt seine Zunge, aber
Frank mag Hitze und gute Würze. Er löffelt weiter.

Sie sieht ihm zu, die heiße Röte ist wieder in ihre Wangen
gestiegen.

Aber ihre Stimme ist mutiger und klarer geworden.

„Der geheime Tipp ist – der Riesling Senf, der gibt der
Suppe so einen kleinen scharfen Kick. Und natürlich der
trockene Riesling am Schluss. Ich muss gestehen, Frank, ich
habe … drei Schuss statt einem hineingetan, wie es eigentlich in dem Rezept steht."

So viel hat sie, seit er sie kennt, nicht geredet.

In der Bar hier in Bingen, wo er sie kennengelernt hat,
war sie ihm sofort aufgefallen. Die beiden Frauen neben ihr
hatten geschwatzt und sich nach Kerlen umgesehen, aber
sie hatte nur an ihrem Wasser genippt und wie ein Reh in
einer Horde Büffel gewirkt. Frank hatte einen Blick dafür.
An diesem Abend war seine Entscheidung gefallen, noch bevor er sich selbst dessen bewusst gewesen war. Sie und keine
andere. Er machte sich auf die Jagd. Schultern nach unten,
Hände vorne falten, Blick schüchtern und sich ebenfalls fehl
am Platz geben, das war es. Sie war wie ein ausgehungerter
Schmetterling auf seine Blüte geflattert.

Eine Woche später sitzt er hier. In der Helmutstraße.

Komisch, dass er die Adresse weiß, sich aber nicht an ihren
Vornamen erinnern kann. Helmut wird sie ja nicht heißen.

Egal. Wenn er über sie kommt, spielen Namen keine Rolle mehr. Vergewaltigen und Töten ist ein anonymes Hobby. Und seinen Namen wird sie sicher keinem mehr erzählen, wenn er mit ihr fertig ist.

Frank merkt, dass sie wieder still geworden ist.

Er hört kurz mit dem Löffeln auf und zwinkert ihr erneut zu. Das genügt fürs erste. Er will weiteressen. Diese Suppe ist wahrlich eine Köstlichkeit.

Sie holt wieder Luft.

„Danke, dass du heute gekommen bist. Ich liebe Candle-light-Dinner … Auf dich, lieber Frank!"

Die letzten vier Wörter haucht sie über den Tisch wie eine Sommerbrise, legt ihren leeren Löffel auf ihre weiße Serviet-te, hebt zärtlich ihr Glas. Frank pausiert nun doch mit der Suppe und stößt mit ihr an. Die Gläser klirren. Die Flam-men der Kerzen wiegen sich.

Der Wein passt hervorragend zu der Suppe. Ein trockener Rivaner. Bevor er geht, muss er in der Küche nachschauen, sie hat sicher noch eine zweite Flasche für heute Abend ge-kauft. Die kann er später mitnehmen. Sie trinkt vorsichtig einen Schluck, eine dunkle Strähne ihres Haares fällt über ihre rechte Augenbraue. Frank spürt eine Erektion. Die und den Draht auf seinem Knie. Er freut sich. Ein perfekter Abend. Frank stellt das Glas ab und löffelt weiter.

Die Kerzen flackern plötzlich wild auf. Die tanzenden Schattenzwerge sind begeistert.

Candlelight-Dinner.

Was für ein Wort.

Essen mit Kerzen gefällt ihm besser.

Immer gerade heraus die Dinge benennen, nichts beschö-nigen.

Eine tote Frau ist eine tote Frau und ein Frauenmörder

ist ein Frauenmörder. Ja, genau das, nicht mehr, nicht weniger.

Acht bisher!

Acht Frauen, und niemand hatte ihn je aufgespürt. Er ist wie der Schatten in der Nacht, der die einsamen Seelen in seine dunkle Umarmung zieht. Alleinstehende Frauen gibt es genug. Scheue Rehe wie dieses. Auf der Suche nach ihrem Seelenpartner. Bereit für ein wenig Glück, das Risiko seiner Bekanntschaft auf sich zu nehmen. Man musste nur die beste Jagdstrategie anwenden und die richtigen Knöpfe drücken. Frank war zu durchschnittlich, um Argwohn zu erwecken. Er war der nette Mann, auf den sie schon so lange gewartet hatten. Sie und sie und sie. Eins bis acht.

Sie war Nummer neun.

Die Zehn würde nicht lange auf sich warten lassen. War man einmal auf den Geschmack gekommen, konnte man das Löffeln nicht mehr sein lassen, wie bei dieser Rheinhessischen Kartoffelsuppe. Sie hat sie mit Leberwurstklößchen serviert.

Als rheinhessische Bestie kennt man ihn in den Medien. Er jagt und mordet mit einer beständigen Treue für dieses Gebiet. Von Mainz nach Worms und dann hierher nach Bingen. Er wohnt gerne hier. Der Wein. Der Rhein. Die Frauen mit ihrem Dialekt und ihren Kochkünsten.

Die unbekannte rheinhessische Bestie für die Polizei und die Menschen hier, der erfolgreiche Jäger für sich selbst. Der Todesengel heute für … wie, verdammt, heißt sie nun gleich?

„Liebes, einfach lecker!"

Sie nickt nur und sieht ihm wieder beim Essen zu.

Die Leberwurstklößchen sind ein Gedicht. Er holt sich drei auf einmal auf den Löffel und presst sie mit seiner Zunge platt. Ein fetter Tropfen Suppe rinnt über sein Kinn. Er wischt ihn mit der weißen Serviette weg. Schaut sie wohlwollend an. Sie hebt die Kelle, beugt sich vor, füllt in seinen weißen Teller noch einmal Suppe nach. Ihr Haar schimmert im Kerzenlicht.

„Liebes! – Diesmal auf die Köchin!"

Er hebt sein Weinglas mit Schwung hoch, der Draht rutscht von seinem Knie und fällt zu Boden. Während er mit ihr noch einmal klirrend anstößt, zieht er sich den rechten Schuh aus und beginnt unter dem Tisch mit seinen Zehen nach der Schlinge zu tasten. Er berührt ihren Fuß.

„O mein Gott!", sagt sie und zuckt zurück.

Sie stößt an ihren Teller und verschüttet etwas Suppe auf dem weißen Tischtuch. Sie setzt sich schnell und versucht mit ihrer Serviette den Fleck wegzureiben. Die Kerzen wanken, die Schattenzwerge laufen erschrocken über die Wände. Die weißen Blumen wippen mit ihren Köpfen in der Vase.

Frank fühlt sich schwindlig von so viel Bewegung.

„Tschuldige!", lallt er.

Seine Zunge ist schwer. Die heiße Suppe und der Rivaner machen ihn träge. Das mit der Vergewaltigung wird er wohl doch weglassen. Egal, es ist die Drahtschlinge, die zählt.

Nein, in Wahrheit ist es der Moment der Überraschung. Das Würgen, das Wehren, das Strampeln, das Zittern. Das letzte Aufbäumen. Da dreht er die Frauen immer mit Schwung herum und sieht ihnen direkt in die Augen. Bis die Pupille bricht. Das ist sein wahrer Höhepunkt.

Er zuckt mit seinem Fuß zurück, spürt den Draht unter seinem großen Zeh und zieht ihn langsam zu sich. Er legt seinen Löffel auf den weißen Tellerrand, will sich bücken. Ihn schwindelt heftiger. Ein Karussell vor seinen Augen nimmt Fahrt auf.

„Ist dir nicht gut?"

Ihre Stimme ist fester, klarer geworden. Sein Blick dagegen verschwommener.

Sie sieht auf einmal finster aus. Ihre Augenbrauen sind zusammengezogen, ihre Augen zu engen Schlitzen gepresst. Sie erinnert ihn an eine lauernde Katze. Kein Reh mehr. Das ganze Weiß auf dem Tisch und die wogenden Schatten der Kerzen schmerzen ihn tief in seinem Kopf. Und in seinem Magen. Die heiße Suppe wird in ihm drinnen noch heißer, Kartoffelsuppenlava.

Frank braucht seinen Draht. Jetzt, schnell. Er muss sich an etwas Gewohntem, Vertrautem festkrallen, bevor er den Halt verliert.

„Warte, du Hure ..."

Fällt das aus seinem Mund oder hat er sich das nur gedacht?

Das Karussell dreht sich schon zu schnell, er kann ihren Gesichtsausdruck nicht mehr genau erkennen.

Er versucht sich wieder zu bücken, rutscht aber diesmal einfach weiter. Gleitet einen Abhang hinunter, der ihn auf die Erde führt, direkt auf den Teppich. Seine Stirn knallt gegen das Tischbein, Sterne tanzen vor seinen Augen. Natürlich weiße Sterne.

Da ist ja die Drahtschlinge.

Frank fühlt sich wieder als Herr der Lage, obwohl er auf dem Boden sitzt wie ein Dreijähriger und seine Blase sich von selbst entleert.

Der dunkle Fleck auf seiner Hose könnte auch nur ein Schattenzwerg sein, Frank könnte auch endlich aufstehen, zu Liebes hinübergehen, ihr den Draht um den Hals legen und endlich sein Happy End erleben.

Aber da ist Liebes ja schon.

Direkt über ihm.

Sie muss wohl aufgestanden und auf seine Seite des Tisches gekommen sein. Sie kniet sich zu ihm, ihre Augen sind immer noch prüfende Schlitze. Frank starrt, fixiert sie wie das bewegungsunfähige Kaninchen die Schlange. Verdammt, es sollte doch umgekehrt sein! Nummer neun sollte doch jetzt schon …

Die Lava in seinem Magen explodiert.

Die Leberwurstklößchen haben sich in kleine Splitterbomben verwandelt und detonieren in seinen Eingeweiden. Frank greift nach oben, krallt sich an der Tischdecke fest, zieht. Sein weißer Teller mit der restlichen Suppe stürzt über seinen Kopf. Seine Haare und seine Stirn werden von der dicken gelben Brühe überschüttet.

Kartoffelsuppe breitet sich um ihn herum aus.

Gott, wie gut das immer noch duftet.

Auf dem Tisch fällt ein Leuchter um, brennt Löcher in die weiße Tischdecke, bevor die Kerzen zischend verlöschen. Es wird dunkler um Frank.

Sie beugt sich zu Frank herunter, wischt mit ihrer Serviette liebevoll die Kartoffelsuppe aus seiner Stirn. Dann ist ihr Gesicht direkt vor ihm. Groß und heiß. Ihr Blick bohrt sich in seinen.

Sein rechter Zeigefinger berührt den Draht, doch er kann den Finger nicht mehr krümmen und die Schlinge zu sich ziehen. Die Lähmung ist jetzt allumfassend. Auch der Schmerz.

Die Erkenntnis kommt in den letzten Sekunden. Er hat tatsächlich eine Seelenverwandte getroffen. Eine, die wie er das Sterben in den Augen anderer sucht. Welche Nummer er wohl auf ihrer Liste hat?

Er will seine Augen schließen, ihr nicht diesen letzten Triumph gönnen, den er sich doch verdient hätte. Doch die Schmerzen pressen seine Augäpfel gnadenlos nach vorne.

Ein Lächeln umspielt ihren Mund. Da weiß Frank, dass es gleich soweit sein muss.

Sie singt und macht sauber.

Überall Flecken. Außerdem die Brandlöcher in ihrer Lieblingstischdecke. Frank wusste ihre Dekoration und ihr Essen wirklich nicht zu schätzen. Obwohl er zugelangt hat wie ein Büffel. Unter dem Tisch findet sie seinen rechten Schuh und eine scharfe Drahtschlinge. Widerwillig nimmt sie den Draht mit Zeigefinger und Daumen hoch und schüttelt verständnislos den Kopf. Dann legt sie Schuh und Schlinge neben den eingerollten Teppich. Irgendwie kam er ihr komisch vor, dieser Frank. Sie hakt ihn in Gedanken ab. Wieder kein Prinz, nur eine Niete.

Was sie mit seinem schweren Körper noch machen wird, weiß sie nicht. Nicht schon wieder die alte Mülldeponie, irgendwann würde jemand die letzten drei Toten dort miteinander verknüpfen und einen Zusammenhang herstellen. Doch lieber der Binger Wald. Eine nächtliche Wanderung würde ihr gut tun. Gut, dass das allgemeine Interesse in den letzten Monaten so auf diesen Frauenmörder gerichtet war. Was es für Männer gab! Diese armen Frauen! Gott sei Dank hatte sie immer Glück gehabt.

Mit dem Saubermachen ist sie fertig. Singend geht sie zur Kommode. In einer Schublade liegen neben den Pflastern ein weißer Schreibblock und ein Kuli. Auf der ersten Seite sind gerade feine Striche gezogen und durchgestrichen. Sie fügt noch einen weiteren hinzu.

„Auf ein volles Dutzend und darauf einen Schluck Rivaner, Liebes!"

Darüber muss sie so lachen, dass ihre Spucke nasse Flecken auf dem Schreibblock hinterlässt. Schnell legt sie alles zurück und schließt die Schublade.

Wieder singend geht sie durch die Schwingtür in die Küche zurück und öffnet die zweite Flasche Wein.

Der Duft nach Rheinhessischer Kartoffelsuppe liegt noch in der Luft.

Rheinhessische Kartoffelsuppe
Rhoihessisch Grumbeerbrie

Für 4 Personen:
  600 g Kartoffeln
  300 g Zwiebeln
  1 l Wasser oder Fleischbrühe
  200 ml süße Sahne
  3 Nelken
  4 Lorbeerblätter
  1 gehäufter EL Riesling-Senf
  Salz, Pfeffer, Muskat
  1 Mehl-Butter-Klößchen zum Binden (aus 10 g Butter und 10 g Mehl)
  1 guter Schuss trockner Riesling

Die Kartoffeln und die Zwiebeln schälen und würfeln; mit Nelken und Lorbeerblätter in dem Wasser oder der Brühe in ca. 20 Minuten gar kochen. Die Nelken und die Lorbeerblätter entfernen und alles durch die Flotte Lotte passieren. Den Senf und die Sahne in die Suppe rühren und mit dem Mehl-Butter-Klößchen binden; mit Salz, Pfeffer, Muskat und einem Schuss Riesling abschmecken.

Tipp: Dazu reicht man gebrühte luftgetrocknete grobe Bratwurst oder man drückt Leberwurstklößchen hinein.

Als Wein passt zur „Grumbeerbrie" ein fruchtiger trockener Rivaner.

(Quelle: Rezept von Heike Espenschied, veröffentlicht in: *Lust auf Rheinhessen. Die 100 besten Rezepte der rheinhessischen Weingüter*, Ingelheim 2002)

PESTO LETALE
Claudia Platz

Herbst

Hermann klopfte die Erde über den Maiglöckchenrhizomen fest und verbarg die Stellen unter Herbstlaub. Dann nahm er die Abkürzung durch die Hecke und ging zu seinem Schuppen, wo er aus den Gummistiefeln in die bequemeren Clogs schlüpfte. Er reinigte die Gartengeräte und ölte Spaten, Rechen und Schippe ein, bevor er sie für den Winter an ihren angestammten Platz stellte.

Nachdem er den Schuppen verschlossen hatte, nahm er den vorbereiteten Korb mit dem Holz und trug ihn zur Haustür. Dort erwartete ihn bereits Katze, die vorwurfsvoll miaute, weil er sie hatte warten lassen. Eigentlich gehörte sie ihm gar nicht, sondern war ihm kurz nach dem Tod seiner Frau Elisabeth zugelaufen. Aber eigenwillig, wie sie war, hatte sie ihn kurzerhand zu ihrem Interimsherrn erkoren und kam nur zu Besuch, wenn sie Lust dazu verspürte. Dann beanspruchte sie stets den alten abgewetzten Sessel in Nähe des Specksteinofens, der auch der Lieblingsplatz von Elisabeth gewesen war. Dort rollte sie sich ein und blieb stundenlang liegen, ohne weiter Notiz von ihm zu nehmen.

Hermann ließ sie gewähren, denn Katze war anspruchslos und machte kaum Arbeit. Ab und zu gab er ihr eine Schale Milch, mehr bekam sie aber nicht von ihm, denn er vertrat die Meinung, dass Katzen selbst für ihre Nahrung sorgen konnten. Und auch ein Katzenklo schaffte er sich gar nicht erst an; er wollte sich weder zusätzliche Arbeit aufhalsen noch das Tier zu sehr ans Haus gewöhnen. Sie sollte eben nur ein Gast bleiben und nicht zur dauerhaften Bewohnerin werden. Aus diesem Grund hatte er ihr auch erst gar keinen Namen gegeben.

Ihre unregelmäßigen, nie vorhersehbaren Besuche hatten sein Leben verändert – wenn auch nicht unbedingt zum Besseren. Vor ihrem Auftauchen verband ihn mit seinem Nachbarn Karl eine enge Freundschaft und sie waren ein Herz und eine Seele gewesen. Gemeinsam mit ihren Frauen unternahmen sie Fahrradtouren an Rhein, Nahe und Selz sowie ausgedehnte Spaziergänge in der Rheinhessischen Schweiz, die immer in gemütlichen Straußwirtschaften endeten. In den Sommermonaten besuchten sie an den Wochenenden meist eines der unzähligen Weinfeste, die entlang der Rheinterrasse im stetig wiederkehrenden jahreszeitlichen Rhythmus stattfanden.

Doch damit war es längst vorbei. Nicht nur Elisabeths unerwarteter Tod vor mehr als einem Jahr bedeutete einen Einschnitt. Besonders seit Katze bei ihm eingezogen war, stimmte es nicht mehr zwischen Karl und ihm. Die anfänglichen kleineren Dissonanzen hatten sich längst zu einem regelrechten Nachbarschaftskrieg ausgewachsen. Maschendrahtzaun war ein Dreck dagegen.

Karl hasste das Tier und bezichtige es, seine Hinterlassenschaften in sein Gemüsebeet zu „pflanzen". Aber damit nicht genug, er behauptete auch steif und fest, Katze sei für die Reduzierung der Singvogelpopulation in seinem Garten verantwortlich, weil sie Nester plündere und Jungvögeln nachstelle. Eines von Karls Steckenpferden war nämlich neben samstäglichem Autowaschen und Straße kehren vor allem das mehrstündige Beobachten seiner „possierlichen gefiederten Freunde", wie er sie nannte.

Doch all seine Beschwerden liefen zu seinem großen Ärger bei Hermann ins Leere, der stets darauf verwies, dass Katze ihm ja gar nicht gehörte, sondern ihm nur ab und zu einen Besuch abstattete. Für Karl war diese Begründung eine fadenscheinige Ausrede und um seinen Nachbarn abzustrafen, ersann er kleine Gemeinheiten, die das bisher harmonische Zusammenleben empfindlich zu stören begannen. So erwarb er einen Laubsauger, der im Herbst zu nicht enden wollenden Einsätzen kam, während er sich an den übrigen Samstagen enervierenden, stundenlangen Autostaubsaug-Orgien widmete. Katze scherte sich nicht um den Lärm, sie schaute aus sicherem Abstand interessiert zu. Für Hermann grenzten diese akustischen Attacken dagegen an Körperverletzung, die seine Mittagsruhe immer empfindlich störten.

Eine gewisse Zeit tolerierte er Karls Anwandlungen, bis ihm im Sommer der Geduldsfaden riss. Einen Tag vor seinem Urlaubsbeginn nahm er den Fehdehandschuh auf und startete einen Gegenangriff, der zwar nicht laut, dafür aber nicht minder perfide war. Er brachte in seinem Bohnenbeet, das nah an Karls Grundstück lag, Hühnermist aus, wobei er die angekündigte vierzehntägige Hitzewelle in sein Kalkül mit einbezog. Nach ausreichender Bewässerung und intensiver Sonneneinstrahlung entfaltete dieser Bio-Dünger vor allem in den Morgen- und Abendstunden seine volle Geruchsintensität und machte sowohl einen Aufenthalt im Freien als auch abendliches Lüften schier unmöglich.

Hermann hatte gehofft, die Düngerepisode brächte Karl zur Vernunft, aber er wurde nach seinem Urlaub eines Besseren belehrt. Karl blieb stur und sein Erfindungsreichtum war keineswegs erschöpft. Er hatte sich inzwischen eine Kreissäge gekauft, mit der er tagaus, tagein sein Kaminholz in handliche Stücke zerkleinerte. Was Hermann dazu bewegte, einen Fahnenmast aufzustellen, an dem er die 05er-Fahne hisste. Ihr Anblick allein reichte aus, um Karl, der ein eingefleischter Frankfurt-Fan war, in Rage zu bringen.

Im Gegenzug montierte Karl einen Außenstrahler mit Bewegungsmelder, der Hermanns Terrasse in gleißendes Licht tauchte, sobald sich im Umkreis von zehn Metern auch nur die kleinste Spitzmaus rührte. Aber Hermann zeigte sich von Karls Bemühungen wenig beeindruckt. Er hielt weiterhin an Katze fest und ignorierte sämtliche Anfeindungen seines Nachbarn, was diesen nur noch mehr erboste.

Katzes Rolle in diesem kleinen Drama war stets dieselbe. Nach wie vor nahm sie Karls Grundstück mit einer Selbstverständlichkeit in Beschlag, die ihren Gegner zu stets neuen, aber meist wenig effektiven Abwehrmaßnahmen trieb. Sie ließ sich weder durch Abwehrsprays, fliegende Schuhe noch durch kalte Duschen aus dem Wasserschlauch fernhalten.

Um sie endgültig von seinem Anwesen zu verbannen, schaffte sich Karl schließlich einen Labrador an, den er mit mittelmäßigem Erfolg auf sie abrichtete. Katze schien der Neuzugang Freude zu bereiten, denn sie machte sich einen Spaß daraus, Herrn und Hund zum Narren zu halten.

Hatte Hermann anfangs noch um ihr Leben gebangt, empfand er inzwischen diebisches Vergnügen bei ihren kleinen Exkursionen. Er ergötzte sich an den erfolglosen wilden Hetzjagden quer über die gepflegten, nachbarschaftlichen Beete, denen unweigerlich Schimpftiraden wie „Scheißvieh, dich mach ich kaputt!" oder „Dir zieh ich das Fell über die Ohren!" folgten, von denen Hermann nicht wusste, ob sie Katze oder dem Labrador galten. Es war nämlich der Hund, der die weitaus schlimmeren Verwüstungen bei der tollkühnen Hatz anrichtete. Seine tierische Hausbesetzerin hinterließ dagegen kaum Spuren und kehrte stets wohlbehalten und mit – wie Hermann schien – grinsendem Gesichtsausdruck zurück, während Karl einem Herzinfarkt nahe war und seinem Hund der Erstickungstod drohte.

Wäre da nicht Kathie gewesen, die sich zwischen den nachbarschaftlichen Fronten befand, hätte Hermann das tägliche Scharmützel genießen können. Doch je länger der Zwist andauerte, umso größer wurde die Entfremdung zwischen ihnen. Zu Lebzeiten Elisabeths war Kathie deren beste Freundin gewesen. Nach ihrem Tod hielt sie Hermann auch weiterhin die Treue. Sie grüßten sich über den Gartenzaun und wenn Karl außer Sichtweite war, reichte es manchmal für einen kurzen Plausch. Ab und zu schlich sie sich sogar zu ihm herüber, um ein Gläschen mit ihm zu kippen oder ihm etwas zu essen zu bringen. Vor allem ihre Blätterteig-Spargeltarte mit gekochtem Schinken und den frischen Kräutern war ein Gedicht – allerdings ohne den Bärlauch, den ihr Mann Karl so sehr liebte. Sowohl Kathie wie auch Hermann mochten den knoblauchartigen Geschmack des Frühlingskrauts nicht, der in ihren Augen das zarte Aroma des Spargels überdeckte.

Aber Karl konnte davon einfach nicht genug bekommen. Er hatte sich im Schatten eines Baumes sogar ein ganzes Beet mit Allium ursinum angelegt, den er in allen erdenklichen Variationen verzehrte. Seine Begeisterung ging sogar so weit, dass er vor dessen Blüte im Mai Bärlauchpesto zubereitete und in Ein-Mann-Portionen einfror, um es das ganze Jahr über genießen zu können.

Kathies und Hermanns heimlichen Zusammenkünften haftete nicht Anrüchiges an, obwohl er manchmal ein verhaltenes Verlangen verspürte, von dem er meinte, es auch bei ihr wahrzunehmen. Wie erklärten sich sonst ihre durchsichtige Bluse und der kurze Rock? Und warum schminkte und frisierte sie sich für ihre Besuche mit einer Sorgfalt, die sie zu Hause vermissen ließ? Für Karl putzte sie sich nicht so heraus, das wusste er noch aus früheren Zeiten. Dennoch widerstanden sie einander. Nie kam es zu einer vertraulichen Berührung, dafür schütteten sie sich gegenseitig ihre Herzen aus und redeten lange.

Kathie, die etliche Jahre jünger war als ihr Mann, klagte ihm ihr Leid über dessen immer despotischer werdendes Verhalten. Sie hatte gehofft, dass er als Rentner mehr Zeit für sie fände, dem war aber nicht so. Entweder ging er mit dem Hund spazieren oder er begab sich auf stundenlange Vogelerkundungen, die ihn in Feld, Wald und Flur führten. Hermann machte in Gegenzug keinen Hehl aus seiner wachsenden Einsamkeit, die er seit Elisabeths Ableben empfand und die er nicht überwinden konnte. In diesen Momenten der geistigen Verbundenheit schienen die beiden sich näher zu sein als jede körperliche Intimität es vermocht hätte.

Vor einigen Wochen jedoch hatte Karl bemerkt, dass Kathie nach wie vor den Kontakt zu seinem Erzfeind hielt und ihr den Umgang mit ihm verboten. Seitdem folgte er ihr auf Schritt und Tritt. Ging er mit dem Hund spazieren, musste sie ihn genauso begleiten wie bei seinen Vogelbeobachtungen. Die Zeit, die er früher für sie nicht hatte erübrigen können, schüttete er nun im Übermaß über sie aus.

Ohne die netten Nachrichten, die er hin und weder in seinem Briefkasten fand, wäre Hermann an seinem Alleinsein erstickt. Begegneten sie sich doch einmal zufällig, las er in ihren Augen, wie es um sie stand. Auch sie vermisste ihre Zusammenkünfte und sehnte sich nach den alten Zeiten.

All dies ging ihm durch den Kopf, während er die Holzscheite im Kamin schichtete und anzündete. Bei einem Glas Rotwein und einem Käsebrot sah er zu, wie sich die Flammen langsam durch das trockene Holz fraßen. Eine lang entbehrte Zufriedenheit überkam ihn und sein entspannter Gesichtsausdruck glich dem von Katze, die leise vor sich hin schnurrte. Heute hatte er den ersten Schritt unternommen. Jetzt hieß es abwarten.

Frühjahr

Der Winter hatte Hermann schwer zugesetzt. Er war viel zu lang, viel zu kalt und viel zu dunkel gewesen und hatte ihn länger im Haus gehalten als sonst. Als endlich das Frühjahr anbrach und er hinaus in seinen Garten konnte, war er mit sich und der Welt wieder versöhnt. Die Schneedecke hatte größere Schäden verhindert und nur wenige Pflanzen waren erfroren.

Hermann wusch an diesem sonnigen Aprilmorgen sein Geschirr ab und schaute dabei aus seinem Küchenfenster. Seit Elisabeths Tod nutzte er die Spülmaschine kaum noch, denn das Abspülen schenkte ihm Augenblicke der Muße. Als er Karl mit dem Korb unterm Arm in seinen Garten gehen sah, wusste er, dass heute Bärlauchernte- und Pestozubereitungstag war. Hermann fragte sich, ob seinem Nachbarn auffallen würde, dass sich die Pflänzchen seit dem letzten Jahr auf geradezu wundersame Weise vermehrt hatten. Was er von seinem Fensterplatz aus nicht sehen konnte, waren die Verwüstungen in dem Beet.

Er wunderte sich nur, dass Karl bald wieder im Haus verschwand, wobei er missbilligend den Kopf schüttelte.

Jetzt wagte sich Hermann in seinen Gemüsegarten, um Radieschen, Karotten, Erbsen und Pflücksalat zu säen. Zuerst lockerte er den Boden mit dem Grubber und spannte dann einen schnurgeraden Faden, der ihm als Richtschnur für die feinen Rillen diente. Vorsichtig legte er Körnchen für Körnchen hinein, bedeckte das Saatgut dünn mit Erde, klopfte diese leicht an und breitete ein Vlies darüber aus, damit die Körner nicht Beute der hungrigen Vögel wurden.

Zu guter Letzt befeuchtete er noch alles mit Regenwasser aus der Gießkanne. Erde zu Erde, schoss es ihm dabei durch den Kopf.

Schließlich streckte er sich ächzend, denn sein Rücken schmerzte von der nach dem langen Winter ungewohnten Körperhaltung. Als er das Martinshorn eines sich nähernden Krankenwagens hörte, trat er neugierig an den Zaun. Die Ambulanz hielt vor Karls Tür. Wenig später traf auch noch der Wagen mit dem Notarzt ein. Sofort brach geschäftige Betriebsamkeit aus. Autotüren wurden aufgerissen und wieder zugeschlagen, medizinische Begriffe flogen durch die Luft, Notfallkoffer, die Krankentrage und anderes Instrumentarium wurde ins Haus geschafft.

Dann wurde es ruhig. So ruhig, dass Hermann sein eigenes Herz schlagen hörte. Die Zeit schien still zu stehen. Auch Katze, die inzwischen wie aus dem Nichts aufgetaucht war, schien interessiert. Sie setzte sich neben ihn und verharrte wie die Sphinx. Schnurrend, ohne ihre Lider zu bewegen, starrte sie auf die gegenüberliegende Hausfront, gerade so, als könne sie durch Mauern sehen.

Gut eine dreiviertel Stunde später verließen die Rettungssanitäter das Haus. Sie wirkten bedrückt, während sie ihre Utensilien im Auto verstauten und ohne Signal und Blaulicht davonfuhren. Als einige Zeit später der Leichenwagen auftauchte und der Notarzt ging, war das für Hermann und Katze das Signal, ihren Beobachtungsposten zu verlassen.

Er arbeitete noch einige Zeit im Garten, verstaute dann die Geräte wie gewohnt im Schuppen und wechselte die Schuhe, während Katze ihm um die Beine strich. Als er zur Haustür kam, bemerkte er einen fremden, silbernen Kombi vor dem Nachbargrundstück. Hermann rätselte, wer Kathie besuchte und blieb erneut stehen. Ein muskulöser Mann in grauem Overall kam schließlich heraus. Er trug einen schweren Sack, den er behutsam in den Kofferraum legte. Bevor er wegfuhr, winkte er Kathie noch zu, wobei für Hermanns Geschmack eine Spur zu viel Anteilnahme in seiner Geste lag. Leicht irritiert ging er mit Katze im Schlepptau ins Haus, wo er sich ein Bier öffnete und ihr Milch sowie eine Scheibe Mortadella spendierte.

Als am Abend das Telefon klingelte, wusste er schon vor dem Abheben, dass es Kathie war. „Kannst du rüberkommen? Ich fühle mich so allein und brauche jemanden, der bei mir ist", bat sie mit erstaunlich gefasster Stimme. „Ich habe uns auch was gekocht."

Hermann hatte auf ihren Anruf gewartet. Längst war er geduscht und rasiert, hatte sich Eau de Toilette aufgelegt und die schicken Klamotten angezogen, die er extra für diesen Anlass gekauft hatte. Mit einer Flasche Merlot, den Kathie so gern trank, ging er hinüber.

Es war ein seltsames Gefühl nach der langen Zeit, das Haus wieder zu betreten. Viel hatte sich nicht verändert. Nur der Geruch war ein anderer, der Hundeduft ließ sich nicht leugnen.

„Hast du ihn weggesperrt?", erkundigte er sich.

„Der ist doch tot!", erwiderte sie gelassen.

„Ich rede nicht von Karl, sondern vom Hund", korrigierte er sie.

„Den meine ich doch!"

„Was? BEIDE sind tot? Wie konnte denn das passieren?"

„Karl fand ihn heute früh, nachdem er aus dem Garten kam. Er lag ausgestreckt in der Diele. Es hat ihn so aufgeregt, dass er einen Herzanfall bekam. Der Arzt meinte, es sei ein Hinterwandinfarkt, also bei Karl, nicht beim Hund. In Fachkreisen nennen sie ihn wohl den „Witwenmacher".

Nur wenn sehr schnell eingegriffen wird, hat der Betroffene überhaupt eine Überlebenschance."

Hermann schwieg. Er hatte nicht damit gerechnet, dass das Pesto seine tödliche Wirkung entfaltete, noch bevor es überhaupt zubereitet war. Er fragte auch nicht nach, warum Kathie die Ambulanz erst gegen Mittag verständigte, wenn Karl doch schon am Morgen den Zusammenbruch erlitten hatte. „Weiß man, woran der Hund gestorben ist?", erkundigte er sich weiter.

„Keine Ahnung. Das werden wir wohl nie erfahren. Er dürfte etwas gefressen haben, das ihm nicht bekommen ist. Das war überhaupt das Problem mit dem Tier. Alles was ihm vor die Schnauze kam, hat er mit einem Haps heruntergeschluckt. Karl hat deshalb auch sämtliche giftigen Pflanzen wie Eisen- und Fingerhut, Herbstzeitlose, Maiglöckchen, Seidelbast, Goldregen, Eibe und Pfaffenhütchen aus unserem Garten entfernt, denn weder Küchenabfälle, noch trockene Blätter oder kleine Tiere waren vor ihm sicher. Sogar einen Gummihandschuh hat er einmal verschlungen. Aber alles kam wieder unbeschadet und in kleinen Portionen heraus. Dabei ragte der Mittelfinger in eindeutiger Pose aus dem Haufen", erinnerte sie sich amüsiert. „Ich habe ihn übrigens abholen lassen. Im Garten vergraben wollte ich ihn ja nicht."

Da Hermann annahm, dass sie den Hund und nicht den Handschuh meinte, fragte er: „Von dem Mann im Overall?"

„Ja, er ist Tierbestatter. Ich wusste gar nicht, dass es so etwas gibt. Aber der Herr vom Beerdigungsinstitut machte mich darauf aufmerksam und nannte mir auch gleich eine zuverlässige Adresse. Der Hund wird morgen verbrannt."

„Das geht aber fix."

„Hat mich auch erstaunt, aber er war wohl gerade in der Nähe, als ich anrief, und das Tierkrematorium hatte noch Kapazitäten." Kathie schaute Hermann tief in die Augen, sodass ihm ganz heiß wurde. „Kannst du mir einen Gefallen tun?"

„Gern, was immer du willst."

„Spate doch bitte das Bärlauchbeet um. Bald fängt er an zu blühen und das erinnert mich zu sehr an Karl."

„Das mache ich gleich nach seiner Beerdigung!"

Plötzlich weinte sie und legte ihren Kopf an seine Schulter, sodass er sie tröstend in den Arm nahm.

„Kannst du das nicht gleich morgen tun? Der Anblick schmerzt mich so", schluchzte sie und hinterließ schwarze Mascaraspuren auf seinem neuen Hemd.

Hermann wunderte sich über ihre Eile. Sollte am Ende nicht nur er gute Gründe haben, den Bärlauch endgültig zu entsorgen? „Dir zuliebe mache ich doch alles. Ich weiß ja, wie ich in euren Garten komme."

Als er am nächsten Morgen bewaffnet mit Hacke und Spaten durch den Spalt in der Hecke trat, sah er Kathie am Fenster stehen. Sie winkte ihm aufmunternd zu und blieb die ganze Zeit über dort. Viel gab es nicht umzugraben. Der Hund hatte ganze Arbeit geleistet. Sämtliche Maiglöckchenwurzeln waren gefressen.

Als er fertig war, bat Kathie ihn noch auf einen Kaffee herein, wobei Katze ihnen Gesellschaft leistete. Sie bekam rohes Hackfleisch vorgesetzt, das sie mit Appetit verschlang und kurz darauf eindöste. Als Hermann ging, hob sie nicht mal den Kopf.

„Lass sie ruhig hier, sie stört mich nicht", lächelte Kathie tiefgründig.

Spätsommer

Hermann fühlte sich einsamer als jemals zuvor, denn Kathie hatte das Haus verkauft und war zu dem Tierbestatter gezogen, ohne ihn vorher groß von ihren Plänen zu unterrichten. Eines Morgens hatte sie vor der Tür gestanden, aufgedonnert wie noch nie, während die Möbelpacker bereits den Wagen beluden. „Ich habe mich neu verliebt und ziehe weg. Eine Familie mit zwei Kindern hat das Haus gekauft. Sie übernehmen es in einem Monat", meinte sie knapp und ließ ihm keine Zeit, etwas zu erwidern. „Mach's gut, Hermann, und viel Glück für die Zukunft."

Auch Katze kam nicht mehr. Seit dem gemeinsamen Kaffeetrinken bei Kathie war sie verschollen und so wurde es um Hermann ziemlich still. Dafür sorgten die Kinder der neuen Nachbarn für reichlich „Abwechslung". Von morgens bis abends lärmten die Rangen. Meist stritten sie lautstark und wenn sie es nicht taten, spielten sie Fußball, wobei das Leder in regelmäßigen Abständen in seinem Garten landete. Aber damit nicht genug, zu allem Überfluss hatten sie auch noch musikalische Ambitionen, die in Hermanns Augen allerdings kaum von Aussicht auf Erfolg hatten. Denn beide erwiesen sich als absolut talentfrei; der Ältere malträtierte eine Posaune, während der jüngere ohne jegliches Taktgefühl auf ein Schlagzeug eindrosch.

Hermann setzte diese Dauerbeschallung mehr zu als sämtliche Säge-, Staub- und Blattsaugaktionen seines ehemaligen Nachbarn und er sehnte sich manchmal regelrecht nach den kleinen Streitereien mit Karl zurück, die ihm im Rückblick gar nicht mehr so schlimm erschienen.

Im Nachhinein war er allerdings froh, dass er in einem Anflug von Voraussicht unmittelbar nach Kathies Auszug das Bärlauchbeet samt persönlicher Dreingabe wieder angelegt hatte. Da der Spalt in der Hecke nach wie vor existierte, konnte er nachträgliche Veränderungen vornehmen, ohne dass es auffiel.

Seine Nachbarin war bezüglich der Gartenarbeit mit Ahnungslosigkeit gestraft, was sie aber nicht davon abhielt, sie zu ihrem Hobby zu machen. „Bei eigenem Gemüse weiß man einfach, was man hat", bemerkte sie gern, wenn sie auf Hermann traf.

So war sie auch über jeden nett gemeinten Rat ihres freundlichen Nachbarn dankbar. Bei einem dieser spätherbstlichen Gartenzaungespräche fand wie zufällig das Bärlauchbeet Erwähnung. Hermann pries dabei die Vorzüge des pflegeleichten Frühlingskrauts und lieferte ihr auch noch gleich Zubereitungstipps und Rezeptvorschläge. „Vor allem Bärlauchpesto kann ich empfehlen. Es schmeckt besonders gut zu Spaghetti. Und alle Kinder lieben doch Spaghetti."

Sie bedankte sich für die „tolle Anregung", was Karl zum Schmunzeln brachte.

Jetzt musste er sich nur noch bis zum Frühjahr gedulden.

Bärlauchpesto

1 Bund Bärlauch
einige Zweige glatte Petersilie
75 g Pinien- oder Walnusskerne
Olivenöl nach Bedarf
frisch geriebener Parmesan
Salz, Pfeffer

Die Kräuter waschen, trocken schleudernen und gemeinsam mit den Pinien- bzw. Walnusskernen und etwas Olivenöl nicht zu fein pürieren, den Parmesan und die Gewürze zugeben, abschmecken und in ein verschließbares Gefäß füllen. So viel Olivenöl hinzutun, bis die Kräutermasse bedeckt ist (sollte sie immer sein, verhindert Schimmelbefall). Im Kühlschrank hält sich das Pesto einige Zeit oder man friert es portionsweise ein. In diesem Fall wenig Olivenöl direkt nach dem Auftauen zugeben.

(Quelle: Rezept Claudia Platz)

PLATZPATRONEN AN MAJORANDRESSING
Heidi Moor-Blank

„Schwein … elende!!"

Mit großen Schritten durchmaß er den Raum. Sein Blick wirkte seltsam wirr und huschte über die Stuhlreihen. Der Revolver in seiner Hand zitterte und wurde erst ruhig, als er auf das Ziel gerichtet war.

Die Frau stand still und starrte in den Lauf.

Dann schüttelte sie fast unmerklich den Kopf.

„Nein …", sagte sie leise. „Keine gute Idee."

„Warum?", kam es zurück. Der Mann fuchtelte mit der Waffe herum und schrie: „Warum? Ich fände es gut! Mal was Neues!"

„Das kannst du nicht machen." Die Stimme der Frau war jetzt lauter und klang bestimmt. „Das ist warm!"

Abrupt blieb er stehen, sah zu ihr hin und nickte. „Stimmt. Mist."

„Außer?" Sie sprach nicht weiter.

„Ja? Sag doch!", drängte er.

„Ich hab da ein Rezept … Schweinelende in Majorandressing…. das könnte gehen. Die Lende wird eingelegt und kalt serviert. Das würde funktionieren. Aber Baguette dazu, keine Pommes!"

„Keine Pommes?" Seine Stimme kippte fast. „Das überleb' ich nicht!"

Gerry hatte die Diskussion gelangweilt von seinem Sitz aus verfolgt und stöhnte jetzt: „Fritz, hör auf, hier eine Mischung zwischen Heinrich dem Achten und d'Artagnan zu geben! Komm hier runter und setz dich. Und leg diesen Schießprügel vorher weg! Wo hast du den eigentlich her?"

Anette stand neben ihm und hielt die Stuhllehne fest umklammert. „Der ist doch wie ein kleines Kind. Hat wohl wieder im Fundus gewühlt und spielt jetzt Cowboy und Indianer."

Die Mischung zwischen Verachtung und Zynismus in ihrer Stimme war nicht zu überbieten. Diesen Tonfall hatte Gerry schon so oft von ihr gehört.

Wenn Ehepaare zu lange verheiratet waren und den Respekt voreinander verloren hatten, wenn die Liebe gekippt war und die Enge des Paarseins die Luft abschnürte, wurden Sätze zu giftigen Pfeilen.

Und schon schoss Anette den nächsten ab: „Du würdest besser deinen Text lernen als mir hier blöde Vorschläge für das Premieren-Essen zu machen! Du hattest vorhin schon wieder einen Hänger!" Ihr Tonfall wurde leicht süffisant: „Aber das kennt man ja schon."

Gerry hatte gleich gewusst, dass es schwierig werden würde, die beiden Rollen des Ehepaares auf der Bühne mit dem Ehepaar im wahren Leben zu besetzen. Aber dass es eine solche Tortur für ihn als Regisseur sein würde, hatte er sich in seinen kühnsten Phantasien nicht vorstellen können.

Sein kleines Theater lag in einem Hinterhof mitten in Alzey. Er hatte sich damit seinen Traum erfüllt und war Spieler, Regisseur, Platzanweiser, Bühnenbauer und Intendant – zuständig für jedes Problem. Die Besetzung bei diesem neuen Stück, das war ein Riesenproblem.

Anette war gut. Sie konnte jede Regieanweisung sofort umsetzen, hatte selbst immer gute Ideen, wusste, wie sie ihre Mimik und ihre Textpointen setzen musste. Nur selten noch ging ihr Dialekt mit ihr durch – nur dann, wenn sie aufgeregt war oder einen Riesling zu viel hatte.

Fritz war brillant! Aber diese Brillanz wollte herausgekitzelt werden mit viel Probenaufwand und ungezählten Wiederholungen. Es tat seinem Spiel gut, dass er sich nicht strikt an den vorgegebenen Text hielt. Er sprach dadurch wunderbar echt und lebendig, war aber eine Katastrophe als Stichwortgeber für jeden Mitspieler.

Fritz stand breitbeinig auf der Bühne und zielte auf Anette. „Das geht hier keinen etwas an, verdammt!", heulte er und hielt dabei den Revolver mit beiden Händen fest umklammert.

Anette trat vor den Tisch, stemmte die Arme in die Hüften und grinste. „Und es wird doch wieder Frikadellen zur Premierenfeier geben. Keine Schweinelende. UND keine Pommes. Du bist eh zu fett."

Fritz begann zu keuchen. „Das überleb' ich nicht! Keine Pommes! Wie kannst du mir das antun!"

Der Schuss knallte laut durch den leeren Theatersaal.

Fritz hob die Hand und hielt sich den Revolver an die Schläfe. Ein zweiter Schuss folgte in Sekundenabstand.

Zeitgleich und spiegelbildlich gingen beide Eheleute in die Knie. Mit weit aufgerissenen Augen und leicht geöffnetem Mund starrten sie sich an, bevor sie vornüber kippten und kurz nacheinander die Köpfe auf den Boden knallten.

Erst ihrer, dann seiner.

„Fritz! Du Idiot!"

Gerry war aufgesprungen und zur Bühnenrampe gelaufen.

Fritz hob den Kopf, grinste ihn an, stützte sein Kinn in die linke Hand und rieb sich mit der rechten über die Stirn. „Ich wollte schon immer mal auf der Bühne sterben. Theatralisch und mit allem Drum und Dran! Aber ich glaube, das war jetzt ein bisschen ZU echt. Das gibt 'ne Beule!"

Gerry verdrehte die Augen und bellte ihn an: „Noch so eine Aktion und du fliegst raus. Jeder ist ersetzbar, auch du! Auch wenn die Proben schon in die Endphasen gehen. Hast du mich verstanden? Das gilt auch für dich, Anette!" Er drehte sich zu ihr um und polterte weiter: „Dass du dich für so einen Blödsinn hergibst!"

Fritz nörgelte im gleichen Moment: „Wenn sie keine Schweinelende macht, hat sie es nicht besser verdient!"

Dann verstummten sie beide.

Anette lag reglos auf dem Bauch, die Stirn auf dem Boden. Ihre langen Haare ringelten sich über das Parkett und hingen an einer Stelle in einer roten Lache.

Die Stille tat weh.

Keiner der beiden Männer rührte sich – jeder wartete darauf, dass der andere diese Szene ungeschehen machte durch einen Spruch, ein Lachen und Anette wieder aufstand und sie anblökte.

Doch nichts geschah.

Gerry setzte sich schließlich mechanisch in Bewegung, kniete neben Anette nieder und legte zwei Finger in ihre Halsbeuge. Dann schüttelte er den Kopf. Langsam wandte er sich um zur Bühne und sah Fritz an. „Sie ist tot. Du hast sie erschossen."

Fritz glotzte ihn an, flüsterte: „Nein!"

Unzählige Male, richtete sich langsam auf, um dann mit wackligen Knien wieder auf den Boden zu sinken. Breitbeinig saß er da, die Hände im Schoß, starrend, glotzend, ein gebrochener Mann.

„D ... d ... da waren noch Patronen drin!", stammelte er.

Gerry war von der Situation komplett überfordert.

Was war zu tun? Polizei anrufen? Einen Krankenwagen?

Sich um Fritz kümmern? Er entschied sich für Fritz. Er war dermaßen neben der Spur – und Anette war tot. Daran würde auch ein Krankenwagen nichts ändern.

Er schwang sich auf die Bühne und setzte sich neben Fritz. Ganz behutsam sprach er ihn an: „Fritz, woher hast du diesen Revolver?"

Fritz wandte sich ihm zu und suchte Gerrys Blick. „Ich lebe noch? Wieso?" Seine Stimme klang klein und verzweifelt.

Gerry stutzte. Fritz hatte Recht. Zwei Schüsse, zwei laute Knalle, eine Leiche.

Fritz hatte den Revolver nach dem zweiten Schuss fallen lassen. Gerry griff hinüber und hob die Waffe auf.

Jetzt saßen die beiden Männer nebeneinander und starrten in die offene Trommel. Eine letzte grüne Patrone war zu sehen.

„Grün …" murmelte Gerry. „Theaterplatzpatronen. Deshalb lebst du noch."

Fritz nickte langsam. „Okay, verstehe." Dann hob er den Kopf und rief hinunter in den Saal: „Anette, kannst wieder aufstehen – Platzpatronen! Das war nicht echt, du Knalltüte!"

Gerry spürte, wie ihm die Situation entglitt. Er packte Fritz an der Schulter und redete auf ihn ein. Als Fritz sich langsam entspannte und zu reden begann, hörte er ihm zu.

Lange.

Fritz redete über die problematische Ehe mit der dominanten Anette, die Verhöhnungen von ihr und auch davon, dass sie vor Freunden und Verwandten nie ihre Verachtung verheimlicht hatte.

„Die stecken mich in den Knast. Weil jeder weiß, dass ich allen Grund hatte, sie zu hassen. Aber es war ein Unfall, hörst du? Ein Unfall!" Fritz sackte in sich zusammen. „Aber das wird mir keiner glauben."

„Doch. Ich." Gerry legte ihm den Arm um die Schulter. „Ich glaube dir. Ich hab es doch gesehen! Und jetzt erstmal der Reihe nach: Woher hast du den Revolver?"

Schnell wurde klar, dass die Waffe aus einem früheren Stück stammte. Ein Stück mit echtem tragischem Ende. Die Hauptdarstellerin hatte damals ihre Rolle als Täterin dazu genutzt, sich live auf der Bühne zu erschießen.

Dieses Kriminalstück von Agatha Christie hatte diese typische Christie-Lösung: Die unwahrscheinlichste Figur, selbst Opfer, war die Täterin. Provozierte einen Kurzschluss, schlich dann in völliger Dunkelheit durch eine verborgene Tür, gab zwei Schüsse ab, eilte zurück und verletzte sich dann selbst am Ohr, sodass es aussah, als hätte der zweite Schuss sie nur knapp verfehlt. So gab es das Textbuch vor.

Doch bei der letzten Vorstellung kam es anders. Wie üblich knallten zwei Schüsse.

Eine Platzpatrone für den Schauspieler-Kollegen, der auch brav als gespielte Leiche zu Boden ging, eine echte Patrone für sich selbst. Als nach einigen Sekunden das Licht anging, nahm der Applaus des ahnungslosen Publikums kein Ende, nachdem die geschockten Mitspieler eilig den Vorhang geschlossen hatten.

„Vielleicht wollte sie sich damals gar nicht umbringen und es hat ihr jemand anderes die falsche Patrone rein getan?", sinnierte Fritz.

„Quatsch!" Gerry schüttelte den Kopf. „Sie hatte die Patronen bei sich zu Hause. Die echten und die Platzpatronen.

Und es waren nur ihre Fingerabdrücke zu finden. Das war ziemlich eindeutig."

„Aber …" Fritz überlegte lange. „Wenn sie sich vertan hatte und die Reihenfolge falsch war in der Trommel? Eine echte Patrone für Mr. Schwarz, den Einbrecher, eine Platzpatrone für sich selbst, eine echte für Misses Haymes, eine Platzpatrone für … ich glaube, das wäre dann ich gewesen."

„Und die anderen?"

„Den Einbrecher Rudi Schwarz spielte Michael, damals ihr Freund. Und Misses Philippa Haymes spielte Anette."

Fritz starrte auf seine Schuhspitzen und schwieg lange. Dann sagte er leise: „Da war damals was mit den beiden, glaub ich."

„Michael und Anette? Warum hast du das nicht der Polizei gesagt?"

Fritz zuckte die Schultern. „Ich hatte keine Ahnung. Das Gerücht hab ich erst viel später gehört. Und es hatte doch keiner an dem Selbstmord gezweifelt, oder? Sie nahm Tabletten, war depressiv ohne Ende und trank viel zu viel."

Gerry überlegte. „Sie hätte dann mit einem Schlag ihren untreuen Freund und dessen Geliebte erschossen? Das macht Sinn!" Er atmete tief ein. „Gruselig, diese Vorstellung."

Dann stand er auf.

„Wir lassen Anette verschwinden. Du hast Recht. Es glaubt dir keiner, dass das ein Unfall war. Wir vergraben sie. Drüben im Schlosspark, gleich beim Geschützturm. Noch heute Nacht!"

Fritz sah auf. „Aber … Die suchen sie doch dann. Ich muss doch zur Polizei."

„Du packst zu Hause Sachen von Anette in einen Koffer. Wie für eine Urlaubsreise. Zehn paar Schuhe, allen Schmuck und alle Schminksachen – denk dran. Du musst packen wie eine Frau, nicht sparsam sein, hörst du? Ich hole Spitzhacke und Schaufeln. Den Rest sehen wir dann. Wir sagen, wir hätten vergeblich hier auf sie gewartet, wollten proben, und sie ist einfach nicht gekommen. Pack ihren Pass mit ein, hörst du?"

Fritz stand langsam auf und nickte. Etwas ziellos stapfte er los, griff seine Jacke und verschwand durch den Notausgang.

„Tiefer!" sagte Fritz und schlug die Spitzhacke kräftig in den Boden. „Der Koffer muss doch auch mit rein!"

Gerry nickte, wischte sich kurz den Schweiß von der Stirn und grub dann weiter.

Endlich war es geschafft. Fast mechanisch hatten sie Anette auf beiden Seiten untergehakt und in den alten Rollstuhl aus dem Fundus gesetzt. Auf der Hellgasse war niemand zu sehen. Schweigend schoben sie die traurige Fracht bis zum Kästrich und verschwanden neben dem Geschützturm im Gebüsch. Sachte legten sie Anette in der Grube ab. Liebevoll drapierte Fritz Koffer, Handtasche, Jacke und Schal auf dem leblosen Körper und betrachtete dann sein Werk.

Dann griff er nach der Schaufel und begann, Erde in das Grab zu schippen.

Gerry sah ihm einen Moment dabei zu. Er versuchte, Gedankenpuzzles zu einem Bild zusammenzusetzen, aber immer wieder gerieten die Teile durcheinander.

„Das kann nicht sein. Die restlichen Patronen – der Revolver war doch wochenlang zur Untersuchung bei der Kripo. Da waren doch keine Patronen mehr drin hinterher. Erst recht keine scharfen!" Er schüttelte den Kopf.

„Und in dem Stück – da fallen doch nur zwei Schüsse, oder nicht? Hab ich das jetzt so falsch in der Erinnerung?"

Gerry fühlte den Revolverlauf kaum in seinem Nacken. Er fühlte viel stärker die Bedrohung, die Angst vor dem Tod. Und dieses Gefühl der Ohnmacht. Er hatte keine Chance.

Fritz seufzte tief: „Ach Gerry, du denkst zu viel. Ich hab alles gegeben auf der Bühne vorhin. War verzweifelt, hilflos, geschockt. Und absolut überzeugend. Du hast mir geholfen das Grab auszuheben und Anette hierher zu bringen. Alles wie geplant. Wir hätten zugeschaufelt und die Klappe gehalten. Alles wäre gut gewesen. Und jetzt fängst du an, Schüsse zu zählen und Patronen zu sortieren."

Gerry schluckte. Seine Stimme klang rau und tonlos. „Da ist ne grüne drin. Ich hab das gesehen."

„Die, die du siehst, ist nicht im Lauf. Den Fehler darf man nicht machen, sonst wäre ICH jetzt hinüber und Anette würde hier Freudentänze aufführen." Er schwieg einen Moment. „Du musst verstehen – ich kann dich nicht gehen lassen. Aber du musst zugeben, ich war brillant!"

Schweinelende in Majorandressing

Für 4 Personen:
  1 kleine Schweinelende
  Olivenöl
  Pfeffer und Salz
  Dressing:
  roter Balsamico-Essig
  etwas Olivenöl
  1 Knoblauchzehe
  getrockneten Majoran
  1 Prise Zucker

Die Lende von allen Seiten in Olivenöl kurz anbraten damit die Poren verschlossen sind. Danach kräftig von allen Seiten salzen und pfeffern und im vorgeheizten Backofen bei 200° 15 Minuten garen. Die Lende muss innen noch richtig rosa sein.

Dressing: Je nach Größe der Lende, Balsamicoessig und Öl im Verhältnis 4:1 in einer Schale verrühren. Die Knoblauchzehe sehr fein, mit dem getrockneten Majoran (nicht sparen) und der Prise Zucker dazugeben, alles gut durch mischen.

Die Lende auf einer entsprechend großen Alufolie kurz abkühlen lassen, mit Dressing übergießen, einwickeln und in den Kühlschrank stellen.

Zum Servieren das Fleisch in ca. 1,5 — 2 cm dicke Scheiben schneiden, auf einer entsprechend großen Platte anrichten und mit dem Dressing gleichmäßig übergießen.

Dazu passen Feldsalat und Baguette.

(Quelle: Heidi Moor-Blank)

MORDSBREZEL
PROTOKOLL EINES ANSCHLAGS

Karsten Eichner

Mainz, 23. Februar 2005, 4.25 Uhr:
Bäckermeister Bodo Müller von „Bodo's Brezelladen" in der Mainzer Altstadt ist zufrieden. Es ist wirklich ein Prachtstück, das er da gerade aus bestem Laugenteig geschlungen hat und das sein Geselle Paul Becker nun mit geschickter Hand verziert. „Ist echt eine Mordsbrezel geworden", sagt Müller. „Ja, Bodo", nickt Paul und denkt sich insgeheim: „Wirst schon bald sehen, wie recht du damit hast."

Mainz, 23. Februar 2005, 4.30 Uhr:
Zwei Hundertschaften Polizei postieren sich rund um das Mainzer Schloss. Beamte mit Spürhunden suchen nach versteckten Sprengsätzen. Andere kontrollieren sämtliche Gullydeckel, die Tage zuvor zugeschweißt worden sind. Sie bemerken nichts Verdächtiges.

Mainz, 23. Februar 2005, 4.32 Uhr:
Paul Becker streut ein elegantes Muster aus Mohn, Sesam und grobem Salz auf die großformatige Brezel. Und als Meister Müller gerade einmal nicht hinsieht, auch ein paar geheimnisvolle weiße Kristalle aus einer kleinen Papiertüte, die er in seiner Hosentasche verborgen hatte. Genau um die drei Buchstaben GWB herum, die sich in der Mitte der Brezel befinden und die Bodo Müller zuvor kunstvoll aus Laugenteig angefertigt hat. Unter den kritischen Augen seines Meisters schiebt Paul Becker die Brezel in den Backofen.

Langley, USA, 23. Februar 2005, 4.45 Uhr MEZ:
In der CIA-Zentrale in Langley, USA, geht ein Warnhinweis eines Informanten aus dem Nahen Osten ein: Ein Anschlag von Al Qaida auf den US-Präsidenten stehe unmittelbar bevor. Die zuständigen CIA-Beamten sind skeptisch. Es ist schon der 25. Warnhinweis in den letzten vier Wochen. Dennoch wird vorsorglich der Stabschef im Weißen Haus informiert.

Mainz, 23. Februar 2005, 7.10 Uhr:
Die Brezel ist fertig gebacken und kühlt allmählich ab. Bodo Müller verabschiedet sich mit Handschlag von seinem Gesellen: „Danke, dass du deinen Dubai-Urlaub noch mal verschieben konntest. Ohne dich wäre ich heute Morgen echt geliefert gewesen. So viel Arbeit mit dem Präsidentenbesuch. Jetzt genieß erstmal deine zwei Wochen in der Sonne. Also nochmals vielen Dank und mach's gut. Ich werde dir das nicht vergessen."

Paul Becker kann sich ein Grinsen nicht verkneifen. „Das wirst du ganz bestimmt nicht", denkt er, während er auf sein Motorrad steigt und davonbraust.

Air Force One, im Anflug auf den Frankfurter Flughafen, 23. Februar 2005, 8.43 Uhr:
Der begleitende General nimmt die Anschlagswarnung entgegen und reicht den Zettel mit der Meldung wortlos an George W. Bush weiter. Der Präsident überfliegt das Blatt oberflächlich, gähnt dann demonstrativ, ohne die Hand vor den Mund zu halten, und gibt den Zettel achtlos an den General zurück.

Mainz, 23. Februar 2005, 8.45 Uhr:
Bodo Müller verlädt die Mordsbrezel sorgsam in seinen Lie-

ferwagen. Dann zieht er sich eine blütenweiße neue Jacke an, setzt eine frisch gestärkte Bäckermütze auf und sich anschließend ans Steuer. Er kontrolliert noch einmal seinen Sicherheitsausweis, der ihm an diesem Tag freien Zugang zum Mainzer Schloss gewähren wird. Schließlich soll er dort ja auch die Brezel dem US-Präsidenten persönlich präsentieren – zusammen mit einem Topf Spundekäs', den sein Freund und Kollege Andi von Feinkost Schmitt nach altem Familienrezept hergestellt hat.

Mainz, 23. Februar 2005, 8.55 Uhr:
Paul Becker verlässt seine Wohnung und schwingt sich auf sein Motorrad. Über den Mainzer Ring, der an diesem Tag nicht gesperrt ist, fährt er zum Frankfurter Flughafen. Viel Gepäck hat er nicht dabei. Nur einen Rucksack und eine kleine Sporttasche. Und 10 000 Euro in bar in der Tasche. Genug Geld, um sich in Dubai ein paar schöne Tage zu machen. Und um die zweite Rate über eine Million Dollar abzuholen, die ihm nach erfolgreicher Ausführung des Anschlags versprochen worden ist. Das sollte reichen, um anschließend irgendwo ein neues Leben zu beginnen. Weit weg von Meister Müller und der stickigen Backstube. Und noch weiter weg von seinen Alimenten und den Spielschulden, die mittlerweile einen sechsstelligen Eurobetrag erreicht haben.

Abottabad, Pakistan, 23. Februar 2005, 9.05 Uhr MEZ:
Ein Kurier überbringt Osama Bin Laden die Nachricht, dass der Anschlag auf den verhassten US-Präsidenten nun unmittelbar bevorstehe. Ein Vertrauensmann, den man mit einer Million Dollar gekauft habe, werde noch heute zuschlagen. Bin Laden lässt sich kurz darauf seinen grauen

Bart nachfärben, setzt einen neuen Turban auf und probt vor dem Spiegel eine Video-Ansprache, in der er den Tod des Präsidenten als gerechte Strafe für die verbrecherische Politik des Westens darstellt.

Frankfurter Flughafen, 23. Februar 2005, 9.27 Uhr:
Paul Becker stellt seine Maschine in der Tiefgarage ab, betritt die Schalterhalle und geht zum Check-in. Sein Gepäck wird anstandslos eingebucht. Gelassen schlendert er durch die Sicherheitskontrollen und schlägt den Weg zum Duty-free-Shop ein.

Mainz, 23. Februar 2005, 9.44 Uhr:
Der Konvoi mit der Präsidentenlimousine rast über die Theodor-Heuss-Brücke in Richtung Mainzer Innenstadt. Als der Wagen sich dem Schloss nähert, schaut George W. Bush erstmals von seinen Akten auf, wirft einen flüchtigen Blick durch die abgedunkelten Scheiben und murmelt: „Nice town, this Wiesbaden."

Mainz, 23. Februar 2005, 9.45 Uhr:
Bundeskanzler Gerhard Schröder und Außenminister Joschka Fischer empfangen den US-Präsidenten und seine Außenministerin Condoleeza Rice mit militärischen Ehren im Innenhof des Mainzer Schlosses. Draußen patrouilliert die Polizei. Von der Mainzer Bevölkerung ist weit und breit niemand zu sehen. Nicht einmal an den Fenstern entlang der Großen Bleiche entdeckt man ein neugieriges Gesicht. Nur auf dem Uni-Campus demonstrieren Tausende von Studenten. Sie halten Transparente in die Höhe und rufen: „Bush, go home."

Während drinnen im Saal die Politiker tagen, drapiert Bodo Müller seine Prachtbrezel im Vorraum auf einem Beistelltisch, den eine rotweiße Tischdecke (die Mainzer Farben!) ziert. Ein Security-Mann aus der Begleitung des Präsidenten und ein Beamter der GSG 9 überwachen argwöhnisch jeden Handgriff Müllers. Selbst unter dem Tisch sehen sie mehrfach nach – schließlich könnte dort ja eine Bombe versteckt sein.

Frankfurter Flughafen, 23. Februar 2005, 10.23 Uhr:
Paul Becker kauft im Duty-free eine Flasche Whisky – schließlich weiß man ja nie, wann man in einem arabischen Land wieder etwas Anständiges zu trinken bekommt. Während er an der Kasse mit einem Hunderteuroschein zahlt, überlegt er, woraus wohl die weißen Kristalle bestehen, die er vor wenigen Stunden auf die Brezel gestreut hat und die ihm gestern sein Kontaktmann namens Ali übergeben hat. Und er fragt sich zum wiederholten Mal, woher Ali wohl wusste, dass ausgerechnet Bodo den Auftrag für die Präsidentenbrezel erhalten hatte. Und woher Ali so genau wusste, dass er – Paul – gerade in großen finanziellen Schwierigkeiten steckte.

Mainz, 23. Februar 2005, 11.03 Uhr:
Bodo Müller nimmt hinter dem Tisch mit seiner Brezel Aufstellung. Der amerikanische Security-Mann hat zuvor eine Teigprobe aus der Unterseite gebohrt und einige Mohn-, Sesam- und Salzkörner abgebürstet – natürlich nicht in der Nähe der Initialen GWB – , um sie sogleich an einen weiteren Security-Mann weiterzugeben, der sie einem chemischen Schnelltest unterzieht. Das Ergebnis gibt offenbar keinerlei Grund zur Besorgnis.

Flug LH 1234, 23. Februar 2005, 11.35 Uhr:
Mit lediglich zehn Minuten Verspätung hebt der Airbus in
Richtung Dubai ab. Paul Becker hat sein Handy ausgeschal-
tet, sich angeschnallt und die Rückenlehne in eine senkrech-
te Position gestellt.

Abottabad, Pakistan, 23. Februar 2005, 13.02 Uhr MEZ:
Im dritten Anlauf hat Osama Bin Laden seine Video-
Botschaft ohne Fehler aufgenommen. Er lässt die Kassette
kopieren und ein Exemplar per Boten an den Sender Al-
Dschasira schicken.

Flug LH 1234, 23. Februar 2005, 13.04 Uhr:
Paul Becker schmunzelt bei dem Gedanken daran, dass die
Security-Leute Bushs die Brezel bestimmt nicht rund um
den Namenszug ihres Präsidenten untersucht haben. Zur
Feier des Tages und in Erwartung seiner Dollar-Million lässt
er sich von der Stewardess ein Glas Sekt reichen.

Mainz, 23. Februar 2005, 13.05 Uhr:
Stolz präsentiert Bodo Müller seine Prachtbrezel dem US-
Präsidenten, der zusammen mit dem Bundeskanzler einen
kleinen Lunch einnehmen will. „How nice, what a beau-
tiful German pretzel", sagt Bush und lächelt Bodo Müller
verbindlich an, während die Kameras der Fotografen kli-
cken. Müller reicht ihm ein Stück aus der Mitte – das mit
den Buchstaben GWB und den weißen Kristallkörnchen.
Bush nimmt das Stück sowie eine Schüssel mit Spundekäs'
freundlich entgegen und will das Gebäck schon zum Mund
führen. Doch dann denkt er erschrocken daran, wie er beim
abendlichen Fernsehschauen im Weißen Haus beinahe einmal an einer trockenen Brezel erstickt wäre, und reicht Ge-

bäckstück und Schüssel umstandslos an einen Bodyguard weiter. „Thank you, but I am on a diet", lässt er den überraschten Bodo Müller wissen und klopft ihm jovial auf die Schulter.

Mainz, 23. Februar 2005, 13.06 Uhr:
Der Bodyguard wirft das Stück Brezel achtlos in einen Mülleimer.

Mainz, 23. Februar 2005, 15.02 Uhr:
Die Autokolonne mit dem US-Präsidenten verlässt das Mainzer Schloss. Über die Theodor-Heuss-Brücke rasen die Fahrzeuge mit Blaulicht in Richtung Wiesbaden.

Mainz, 23. Februar 2005, 15.06 Uhr:
Die deutschen Gipfelteilnehmer sind mit dem Verlauf zufrieden. Bundeskanzler Schröder klopft Bodo Müller anerkennend auf die Schulter. „Gute Arbeit", sagt er gönnerhaft. „Und jetzt hol' mir mal 'n Bier."

Abottabad, Pakistan, 25. Februar 2005, 15.32 Uhr MEZ:
Osama Bin Laden rauft sich vor lauter Wut den frisch gefärbten Bart. Bush, der Erzfeind, ist noch am Leben! „Wo ist der Mann, der ihn umbringen wollte?", brüllt er. „Er hat versagt. Schmählich versagt. Und ich dulde kein Versagen."

Hotel Burj-al-Arab, Dubai, 27. Februar 2005, 7.05 Uhr MEZ:
Der Etagenbutler findet Paul Becker tot in seiner Suite. Aus seinem Mund ragt malerisch ein Stück trockene Brezel, im Fernsehen läuft der Kanal Al-Dschasira in arabischer Sprache. Der Etagenbutler kann sich nicht daran erinnern, dass

dieser Hotelgast eine solche Brezel bestellt hat, geschweige denn, dass sie sich in der Küche der Suite befunden hat. Obwohl alle Anzeichen darauf hindeuten, dass der Mann im Schlaf erwürgt und ihm die Brezel erst nachträglich in den Schlund geschoben wurde, stellt die örtliche Polizei keine weiteren Nachforschungen an. Als Todesursache wird „Unfall" angegeben.

Mainz, 1. März 2005, 11.35 Uhr:
In „Bodo's Brezelladen" trifft ein Foto ein, das George W. Bush und Bodo Müller zusammen vor der Riesenbrezel zeigt. In einer handschriftlichen Widmung bedankt sich Bush für die „impressive giant pretzel".
Zwei Wochen später ordert das Weiße Haus bei Bodo Müller zehntausend Mainzer Brezeln für die US-Truppen im Irak und in Afghanistan.

Laugenbrezeln

Hefeteig:
   500 g Weizenmehl (Type 550)
   2 TL Salz
   1 TL Zucker
   1 Pck. Backpulver
   250 ml lauwarmes Wasser
   42 g frische Hefe (1 Würfel)
   20 g Schweineschmalz
   grobes Salz zum Bestreuen
Brezel-Lauge:
   150 ml 36% Natronlauge (NaOH) (*)
   1,8 l Wasser

Aus den Zutaten außer dem groben Salz einen Hefeteig kneten bis er ganz glatt ist, abdecken und so lange gehen lassen, bis er etwa doppelt so hoch ist. Den Teig dann nochmals durchkneten und in 15 Portionen teilen. Jedes Teigstück zu einer ca. 30 cm langen Rolle (mit etwas dünneren Enden), dann zu Brezeln formen. Den Backofen auf 200° C vorheizen.
Die Natronlauge in eine Schüssel geben, das Wasser vorsichtig dazugießen, umrühren. Nun die Brezeln nacheinander kurz in die Lauge tauchen, abtropfen lassen, auf ein mit Backpapier ausgelegtem Backblech legen und mit etwas grobem Salz bestreuen, noch mal 10 Minuten gehen lassen. Das Blech in den Ofen schieben, eine flache Schale mit heißem Wasser auf den Backofenboden stellen und ca. 15-25 Minuten backen.

* 36 % Natronlauge bekommt man in der Apotheke.
ACHTUNG: Natronlauge ist stark ätzend. Am besten mit Gummihandschuhe arbeiten. Die restliche Lauge kann noch 2-3 Mal benutzt werden: mit einem Trichter in eine Flasche füllen, diese gut kennzeichnen und so wegstellen, dass Kinder keinen Zugriff haben.

(Quelle: www.brezel-baecker.de)

HAUPT-GERICHTE

LEWWERKNEPP
Jürgen Heimbach

I.

Sie ignorierte das tiefe Brummen, das langsam und unaufhaltsam näher kam. Es würde ihr nichts anhaben können. Mit Genugtuung blickte sie über den Tisch vor ihr, auf dem alles ausgebreitet lag: die eingeweichten Wecken, die dunkel-glänzende Masse der gemahlenen Leber und das hellrote Hackfleisch, die fein geraspelte Zwiebel, das Ei, die Petersilie und der Majoran. Auf dem kleinen Herd, der von einem Holzfeuer erhitzt wurde, stand der große Topf mit der Fleischbrühe. Die Flüssigkeit begann schon zu sprudeln, bald würde sie kochen. Sie sog noch einmal den Duft aller Zutaten tief in ihre Nase ein, bevor sie begann, flink und geübt einen Fleischteig zu kneten. Als sie alles zu ihrer Zufriedenheit miteinander vermischt hatte, nahm sie die Dose, die am hinteren Rand des Tisches stand und streute solange Mehl über den Teig und mischte es darunter, bis die Masse geschmeidig und fest war. Dann schmeckte sie das Ganze mit Salz ab. Zufrieden blickte sie auf ihr Werk und bemerkte erst jetzt, dass das Brummen so laut geworden war, dass die Quelle dieses Lärms sich fast direkt über ihr befinden musste. In der Ferne hörte sie Detonationen. Aber das alles galt nicht ihr. Ruhig nahm sie mit Daumen, Zeige- und Mittelfinger etwas von der Masse aus der Schüssel und begann den ersten Kloß zu formen und zwischen ihren Handflächen zu rollen. Sie legte ihn auf ein Tablett und fuhr so fort, bis der Restteig gerade noch für einen Kloß reichte. Da hörte sie von draußen ein Klopfen und schlurfende Schritte. „Mutter, schnell! Du musst in den Keller!", rief jemand nur Sekunden später. Blödsinn, dachte sie bei sich, und wandte sich wieder ihren Lewwerknepp zu. Ein paar läppische Bomben würden sie nicht vom Kochen abhalten können. Jetzt, wo es doch galt, jetzt, wo sie beweisen konnte, welch hervorragende Köchin sie war. Sie würde es diesem Kerl schon zeigen. Nach dem Genuss dieser Lewwerknepp würde er ihr jeden Wunsch erfüllen. Die Tür in die Küche wurde aufgerissen.

„Mutter, hörst du denn nichts?! Du musst in den Keller!"

Sie wandte nur kurz ihren Kopf in Richtung der Stimme. Aufgeregt und außer Atem stand ihr Sohn in der Tür, leicht vornüber gebeugt auf seine Krücken gestützt. Das Brummen schien jetzt direkt über ihnen zu sein. „Lass mich!", gab sie verärgert zurück. Er humpelte kurz entschlossen zu ihr herüber an den Herd, ließ eine der beiden Krücken fallen, packte die Frau am Arm und zog sie aus der Küche in den kleinen Flur und von dort in den Hof, wo sich der Abgang in den alten Gewölbekeller befand. Schnell öffnete er das niedrige, zweiflügelige Tor und zog seine widerstrebende Mutter hinter sich her.

„Die Lewwerknepp, die Lewwerknepp!"

Ihre Stimme war fast zu einem Schreien geworden. Sie hatten erst die Hälfte der Kellertreppe geschafft, da gab es einen ohrenbetäubenden Knall. Die Druckwelle der Explosion brachte ihren Sohn aus dem Gleichgewicht und er stürzte die letzten Stufen nach unten, während sie aufrecht stehen blieb. Sie hustete zwei Mal, dann machte sie kehrt, stieg die Stufen nach oben und erkannte, dass die Bombe genau da eingeschlagen war, wo ihre Küche gestanden hatte. Entsetzt lief sie über den Hof, nahm keine Rücksicht darauf, dass das Haus jeden Moment einstürzen konnte und stieg über den Steinhaufen und die geborstenen Balken in die Küche. Zwischen den Trümmern erkannte sie den Topf. Verzweifelt begann sie in dem Schutt zu wühlen und nach den Klößen zu suchen.

II.

Dorothea Becker, die von allen nur Dorle gerufen wurde, schreckte aus ihrem Traum hoch. Es war noch dunkel um sie herum und in dem Zimmer war es kalt. Der Winterwind zog durch den Fensterrahmen und auch die alte Decke, die sie davor gehängt hatte, konnte den ständigen Zug nicht verhindern. Holz zum Feuern hatte sie keines mehr. Das Wenige, das sie im Herbst gesammelt hatte, war schon vor Weihnachten aufgebraucht gewesen. Aber sie war froh, überhaupt ein Dach über dem Kopf zu haben. Da erging es ihr besser als vielen ihrer Bekannten und Verwandten, denen alles, was sie besaßen, weggebombt worden war. Dafür hatte sie keinen Mann, der war schon lange tot, und einen Sohn, Rolf, der schwer verletzt aus dem Krieg gekommen war. Sie hatten ihm das rechte Bein abgenommen und der Stumpf begann immer wieder zu eitern. Medikamente und Schmerzmittel bekam sie nur auf dem Schwarzmarkt und dorthin hatte Dorle schon alles getragen, was sie besessen hatte. Das Silberbesteck, das gute Porzellan, das sie damals zu ihrer Hochzeit bekommen hatte, die Leinenbettwäsche und die historischen Fastnachtsmützen, die ihr Mann gesammelt hatte. Alles weg. Alles beim Brunner Helmut, der von sich sagte, dass es nichts gab, das er nicht besorgen konnte. Aber alles hatte seinen Preis und den konnte sie jetzt nicht mehr zahlen. So hatte der Brunner sie beim letzten Mal, als sie ihm die letzte Fastnachtsmütze aus der Sammlung ihres verstorbenen Mannes gegeben hatte, das letzte Andenken an ihn, weggeschickt. Nicht böse, nicht zornig, als sie nachfragte, jammerte und dann weinte. Aber bestimmt. Sie war verzweifelt. Rolfs unablässiges Wehklagen zehrte an ihren Nerven. „Dieser verdammte Krieg!", fluchte sie leise vor sich hin und hatte gleich ein schlechtes Gewissen. Fluchen durfte man nicht. Sie musste nach vorne schauen. Hoffen. Der Herr lässt keines seiner Schafe alleine. Sie war sicher, dass er auch ihr in dieser schweren Stunde zur Seite stehen würde.

Und gestern hatte er ihr ein Zeichen gesandt. Durch Franzi, ihre alte Freundin, mit der sie schon zusammen in die Volksschule gegangen war. Sie hatte Franzi, sie wusste nicht mehr, zum wievielten Male schon, ihr Leid geklagt und Franzi hatte ihr wie immer still zugehört, sie dann beiseite gezogen und ihr gesagt, dass doch der Kleinmann die Fastnacht angeordnet habe.

„Kleinmann?", hatte Dorle, die nicht verstand, wiederholt.

„Louis Théodore Kleinmann. Der französische Stadtkommandant. Mensch, Dorle, der hat doch gesagt, dass es wieder eine Fastnacht geben soll."

Dorle verstand nicht, worauf ihre Freundin hinaus wollte.

„Der Brunner Helmut, also, der ist doch so ein Fastnachter. Vor dem Krieg, da war der doch auf jedem Umzug und hat jede Sitzung besucht …"

„Ja und?", unterbrach Dorle die Freundin. „Ich brauche keine Fastnacht. Ich brauche Medizin für Rolf." Sie war schon wieder den Tränen nahe.

„Das meine ich doch", entgegnete Franzi. „Der Brunner hat doch die Medizin. Und - der ist einer, der keinem irdischen Genuss abhold ist."

Dorle stand auf dem Schlauch. Sie verstand nicht, worauf die Freundin hinaus wollte.

„Na, Lewwerknepp", erklärte die und lachte ihr Gegenüber an. „Du bist die beste Köchin, die ich kenne. Und deine Lewwerknepp waren schon immer die besten in ganz Mainz. Mein Norbert, Gott hab ihn selig, hat immer so davon geschwärmt, da bin ich richtig eifersüchtig geworden."

Dorle schüttelte ihren Kopf.

„Das ist nicht richtig, Franzi. Lewwerknepp werden an der Kerb gegessen. Nicht an Fastnacht."

„Was ist schon richtig in dieser Zeit", widersprach Franzi und ihre Augen funkelten. „Guck dich doch um. Alles kaputt. Alles zerstört. Alles habense uns genommen. In so Zeiten kann man Lewwerknepp auch an Fastnacht essen. Denk doch an Rolf. Dem ist es egal, ob der Brunner die Lewwerknepp an Fastnacht oder zur Kerb isst. Hauptsache, er bekommt seine Medikamente."

Dorle wiegte ihren Kopf langsam hin und her. Franzi blinzelte ihrer Freundin zu. Aber der war nicht nach solchen Scherzen.

„Und ich soll dem …?"

„Genau!" Franzi war in ihrem Element. „Du machst ihm deine Lewwerknepp und der wird dir alle Medikamente dieser Welt besorgen. Überleg doch mal, Dorle. Jetzt ist Mittwoch. Am Rosenmontag ist die „Generalprobe" in der „Altdeutschen Weinstube" am Liebfrauenplatz. Da ist der Brunner ganz sicher dabei. Und Dienstag schläft der seinen Rausch aus. Wenn du dem dann die Lewwerknepp bringst, ich sag dir, dann …"

Dorle war noch immer unsicher.

„Meinst du …?"

„Natürlich", erwiderte Franzi voller Enthusiasmus.

Für einen kurzen Moment entspannten sich Dorles Gesichtszüge. Doch dann durchfuhr sie ein anderer Gedanke.

„Woher soll ich denn das Fleisch nehmen? Ich brauche Leber. Hackfleisch. Knochen. Wecken …"

Franzi machte jetzt auch ein nachdenkliches Gesicht.

„Das stimmt."

Einige Sekunden schwiegen die beiden Frauen, bis der

Optimismus bei Franzi die Oberhand gewann.

„Das werden wir schon hinkriegen …".

III.

Bis Sonntag hatte es Dorle noch nicht hinbekommen. Vom Majoran und der Petersilie hatte sie noch ein klein wenig von dem übrig, was sie im letzten Jahr in dem kleinen Garten hinter ihrem Häuschen in der Schulstraße angepflanzt und das Kriegsende überlebt hatte, so dass sie es dann trocknen konnte. Aber die Leber, das Fleisch für das Hack, die Knochen für die Brühe, die Weck und das Mehl, das alles war ein riesiges Problem.

Immerhin konnte sie den Weck und zwei Handvoll Mehl gegen ihr Sonntagskleid eintauschen. Sie hoffte, dass der Herr ihr verzieh, dass sie nun mit einem abgetragenen, fadenscheinigen Kleid sonntags in die Messe gehen musste. Aber sie war sicher, dass er verstehen würde, dass für das Wohl von Rolf auch er seinen Teil beitragen musste.

Die Leber und das Schweinefleisch blieben ein Problem. Und Franzi lag mit einer Erkältung und Fieber im Bett. Die letzten Medikamente und Schmerzmittel für Rolf waren schon längst aufgebraucht und seine Schmerzensschreie in der Nacht wurden immer unerträglicher.

Dorle war verzweifelt, als sie an Fastnachtssonntag alleine in die Messe ging. Sie begrüßte Bekannte, meist Frauen, die eine schwere Zeit durchmachten, weil ihre Männer im Krieg gefallen waren oder die sich in Kriegsgefangenschaft befanden. Trotzdem glaubte sie so manchen befremdlichen Blick auf ihr wollenes Kleid zu spüren, obwohl sie eine dicke Jacke darüber trug.

Nach der Messe stand sie mit zwei anderen Frauen auf dem Kirchhof, aber sie hörte ihren Gesprächen nicht zu.

Mechanisch nickte sie dann und wann, denn sie war zu sehr mit ihren Überlegungen beschäftigt, woher sie bis Dienstag das Fleisch bekommen konnte.

„Hast du schon gehört", flüsterte hinter ihr eine Stimme, „dass der Decker Jupp im Krankenhaus liegt. Ist von der Leiter gefallen."

Zuerst fühlte Dorle sich gestört durch den verschwörischen Tonfall, doch sie stand so, dass der kühle Märzwind die Worte an ihr Ohr trug.

„Keiner ist auf dem Hof. Nur sein Hund passt auf. Sein Sohn Peter kommt nachmittags und schaut nach, dass alles in Ordnung ist. Warum der keine Frau hat? So ein reicher Bauer."

„Angeblich hat der eine ganze Kammer voller Fleisch. Gut versteckt."

Eine andere Stimme widersprach. „Was die Leut so reden. Nur weil der Decker Jupp so geizig ist."

„Nee, nee", entgegnete die andere. „Der gibt sogar der eigenen Familie nichts. Seine Kusine war da. Die hat er weggeschickt. Weil er angeblich nichts hat."

„Stimmt ja vielleicht auch."

Obwohl die Frauen leise sprachen, hatte Dorle genug verstanden. Sie kannte den Bauern, den Decker Jupp in der Mainzer Straße, über den da geredet worden war. Nicht nur so, wie man sich im Ort eben kennt, wenn schon die Eltern und die Großeltern dort wohnten. Sondern besser. Ihr Sohn Rolf war mit Peter, dem Sohn des Bauern, in die Schule gegangen und beide waren vor zehn Jahren zusammen in der Hitlerjugend gewesen. Damals hatten sie auch sonst viel zusammen unternommen. Dorle beschloss, noch an diesem Tag Peter aufzusuchen.

Nachdem sie Rolf versorgt hatte, machte sie sich auf den Weg. Früher war sie gut zu Fuß, war in der Schule sogar eine gute Sportlerin gewesen, aber der Krieg, das karge Essen, die Sorgen und der wenige Schlaf ließen sie in einem fortwährenden Zustand der Müdigkeit. Ihre Beine waren schwer. Trotzdem war sie jedes Mal froh, auch wenn sie es sich nicht eingestehen wollte, wenn sie einen Vorwand fand, das Haus zu verlassen. Aber noch auf dem Weg, da hatte sie ihr Häuschen schon weit hinter sich gelassen, hallte Rolfs Schmerzensstöhnen in ihren Ohren nach.

Das Tor zum Hof vom Jupp war verschlossen. Dorle klopfte erst zaghaft gegen das Holz, dann nahm sie einen Stein, der auf der Straße lag, und hämmerte ihn gegen das Holz. Zuerst war nur das tiefe Bellen und Knurren des alten Hundes zu hören.

„Wer ist denn da? Wir haben nichts!", drang von drinnen eine gereizte Stimme zu ihr heraus.

„Die Dorle ist es", rief sie zurück und wartete.

Es dauerte noch fünf Minuten, bis sie erst Schritte hörte, dann das Schieben des Metallriegels.

„Was willst du?", fragte Peter, nachdem er das Tor nur so weit geöffnet hatte, dass er seinen Kopf durch den Spalt stecken konnte. Er sagte das in einem Tonfall, als ob er die Mutter seines früheren Freundes nicht erkannt hätte.

„Ich bin's, die Dorle", antwortete sie schüchtern. „Ich soll dich von Rolf grüßen."

Sie wartete auf eine Reaktion.

„Er ist krank. Sehr krank", setzte sie hinzu, nachdem Peter keine Anstalten gemacht hatte, irgendwie zu reagieren.

„Ja und?" Endlich sagte er etwas. Aber das kam so kühl, dass Dorle schlucken musste. Was hat der Krieg nur aus den Menschen und den Kindern gemacht, überlegte sie.

„Na dann!"

Peter zog seinen Kopf zurück. Dorle fürchtete, dass er das Tor wieder verschließen würde.

„Nein, Peter, warte!", rief sie, lauter als sie es beabsichtigt hatte, fast schrill.

„Was denn?"

„Rolf ist krank und …"

„Das hast du schon gesagt", unterbrach er rüde die ältere Frau.

„Er braucht Medizin", beeilte sie sich zu sagen, innerlich zitternd vor Angst, dass Peter das Tor schließen würde, bevor sie ihren Wunsch geäußert hätte.

„Ich brauche Leber und Hack. Und Knochen für die Suppe. Damit ich die Medikamente für Rolf kriege. Er hat so fürchterliche Schmerzen."

„Alle haben Schmerzen. Wenn ich jedem, der Schmerzen hat, was geben würde, würde ich bald selbst verhungern. Ich habe nichts. Ich kann dir nichts geben."

„Aber Rolf ist doch dein Freund. Ihr habt doch …"

„Lass mich damit in Ruhe!", schnauzte Peter Dorle an. „Ich habe nichts, ich gebe nichts. Jeder muss zusehen, wie er in dieser Zeit durchkommt."

Und bevor in Dorle die Wut über diese Worte so richtig aufsteigen konnte, hatte Peter das Tor schon zugeknallt. Erschrocken wich sie zwei Schritte zurück.

Auf dem Weg nach Hause schossen ihr die Tränen in die Augen. Sie wusste, dass tagtäglich die Leute bei den Bauern vorbeikamen und sie um Essen anbettelten. Aber Rolf war doch Peters Freund gewesen, sie waren zusammen in der Schule und in der HJ, hatten die Zeltlager zusammen gemacht. Wie oft hatte Peter bei ihnen in der Küche gesessen und mit ihnen zusammen gegessen? Zählte das alles nichts mehr?

Zu Hause saß sie zusammengesunken am Küchentisch und überlegte vergebens, woher sie ein Stück Leber und etwas Hack für die Lewwerknepp bekommen könnte. Sie hörte nicht das Klopfen der Krücken und die Schritte hinter sich und fuhr erschrocken herum, als sich eine Hand auf ihre Schulter legte.

„Was ist los, Mutter?", hörte sie Rolfs leise, von den Schmerzen grundierte Stimme.

Sie zögerte, wollte ihren Sohn nicht damit belasten, aber schließlich erzählte sie ihm, was sie vorhatte und was heute vorgefallen war.

Rolf hatte ihr gegenüber Platz genommen und sah seine Mutter sekundenlang an.

„Dieses miese Schwein!", stieß er schließlich hervor und vergrub sein Gesicht in seinen Händen. Plötzlich fuhr er hoch.

„Ich werde dir das Fleisch besorgen", sagte er.

„Du?"

„Ja, ich", bestätigte Rolf. „Ich weiß, wo der Jupp das Fleisch versteckt und ich weiß, wie man dahin kommt. Das ist bestimmt noch alles so wie vor dem Krieg. Da kommt auch die Rosi nicht hin." Rosi war der alte Schäferhund vom Decker.

„Stehlen willst du, Rolf?", fragte Dorle ungläubig. „Das darf man nicht. Denk an das siebte Gebot. Du sollst nicht stehlen."

„Mutter. Das gilt in normalen Zeiten. Aber jetzt sind keine normalen Zeiten." Rolf hatte seine Stimme erhoben, war laut geworden. Das strengte ihn so an, dass er wieder zusammensackte und laut aufstöhnte.

„Nein, Rolf, schweig!", versuchte Dorle ihm zu widerspre-
chen. Es fiel ihr schwer, denn es zerriss ihr das Herz, ihren
Sohn, ihren einzigen Sohn, alles, was ihr noch geblieben
war, nachdem ihr Mann gefallen und ihre Schwester bei einem Bombenangriff mit ihrer Familie umgekommen war,
so leiden zu sehen.

Sie würde es nie zugeben, aber in den Monaten, seit
Rolf wieder zu Hause war, mit dieser Verletzung und diesen Schmerzen, hatte sie oft an Gott gezweifelt. Und dafür
schämte sie sich. Aber sie konnte nichts dagegen machen.
Nur mit Mühe konnte sie ihre Flüche gegen den Herrn unterdrücken.

„Nein, Mutter, ich werde nicht schweigen." Und er sprach
aus, was sie so oft gedachte hatte in den letzten Monaten.
Warum hatte es sie getroffen, sie, die jeden Sonntag in die
Kirche ging, die ein gottgefälliges Leben führte, die sich an
die Gebote hielt und versuchte, Gutes zu tun? Sie, die sich
keinen neuen Mann gesucht hatte? Warum widerfuhr ihr so
viel Leid? Und andere, die mehr hatten, die nicht nach den
Worten der Bibel und des Herrn lebten, warum ging es ihnen
so viel besser? Hatten keine Toten in der Familie, keine Ver-
letzten, die mit ihren Schmerzensschreien das Haus füllten,
die genug zum Essen hatten, oft mehr als sie brauchten.

Wieder stieg diese Wut in ihr auf.

Rolf ließ sie nicht weiterdenken.

„Wann brauchst du die Leber und das Hackfleisch?"

„Heute. Nein. Morgen", antwortete Dorle verwirrt. „Morgen will ich dem Brunner die Lewwerknepp bringen."

„Heute gehe ich und bringe dir alles, was du brauchst."

Rolf schaffte es nicht über den kleinen Hof vor dem Haus.
Das Anziehen hatte ihn schon so angestrengt, dass er sich in

der Küche so schwer auf den hölzernen Stuhl plumpsen ließ, dass Dorle fürchtete, der Sitz breche zusammen. Dabei wog ihr Sohn gerade mal fünfundfünfzig Kilo, bei fast einem Meter achtzig Größe. Nachdem er sich endlich aufgerafft hatte, kam er gerade bis zur Haustür. Ungeduldig beobachtete die Mutter ihren Sohn.

„Ich gehe!", sagte sie und versuchte streng zu sein, aber Rolf schob ihren Einwand mit einer herablassenden Geste beiseite, erhob sich unter lautem Stöhnen und schleppte sich hinaus auf den Hof. In der Mitte des kleinen Gevierts blieb er stehen, atmete noch heftiger als zuvor, vermied es, seine Mutter anzuschauen, stützte sich schwer auf seine Krücken. Dann brach er zusammen.

Dorle litt weder mit ihrem Sohn noch verfluchte sie ihn. Sie funktionierte. Überschaute die Situation, kniete sich neben Rolf nieder und zog ihn zurück ins Haus, wo sie ihn auf dem alten, schon völlig durchgesessenen Sessel im Wohnzimmer ablud.

Rolf war verwirrt über die kühle Präzision, mit der seine Mutter dies machte, rücksichtsvoll, aber ohne dass Widerspruch möglich war.

Nachdem sie ihren Sohn versorgt hatte, machte sich Dorle Becker auf den Weg zum Hof vom Decker Jupp, der in der Nacht immer leer stand, wenn sie das auf dem Kirchhof richtig verstanden hatte. Es war dunkel und kalt, aber nichts würde sie auf ihrem Weg aufhalten. Sie war hellwach und vorsichtig, schlich sich von der Mainzer Straße zwischen den Häusern und dem, was von ihnen übrig geblieben war, zum Gonsbach und ging da auf dem unbefestigten, glitschigen Weg weiter, um auf die Rückseite von Deckers Hof zu gelangen.

Die letzten Meter legte sie sehr vorsichtig zurück. Niemand sollte mitbekommen, dass sie bei dem Jupp unredlich eindrang und sich nahm, was sie für ihren Sohn Rolf brauchte. Und tatsächlich war alles so, wie es auch früher immer gewesen war. Der Schlüssel lag an der Stelle, die Rolf ihr genannt hatte, und es bereitete ihr keine Probleme, die versteckte Hintertür in den Hof zu öffnen und sich Zutritt in die geheime Vorratskammer zu verschaffen.

Dorle fühlte ein schon lange entbehrtes Glücksgefühl, als die Tür zu der Kammer geöffnet hatte, hinter der Rolf die versteckten Waren vermutete. Ihre feine Nase bestätigte ihr, dass sie richtig war: Es roch nach Geräuchertem.

Hinter einer doppelten Wand fand sie ein Lager, in dem der Bauer seine Fleischvorräte aufbewahrte. Schnell hatte sie die Leber und das Schweinefleisch für den Hackfleischteig gefunden, schnitt sich mit einem Messer, das auf einem blutigen Holzbock lag, ab, was sie brauchte, steckte ein paar Knochen ein, und überlegte dann, ob sie mehr als das, was sie für die Lewwerknepp benötigte, einpacken sollte, entschied sich dann aber für die korrekte Menge und hatte gerade alles zusammen gesucht und wollte die Waren in ihren kleinen, schon verschossenen und ausgeblichenen Rucksack stopfen, als sie ein Geräusch vom Eingang her hörte.

„Ich sollte eigentlich die Tür verschließen und dich hier drinnen verrecken lassen", sagte eine gehässige Stimme, der Dorle die Lust anhörte, sie zu quälen.

War jetzt alles verloren? Kein Fleisch und damit keine Lewwerknepp und keine Medikamente? Würde man sie festnehmen und ins Gefängnis stecken? Was die Leute über sie denken würden, war ihr egal. Aber Rolf! Rolf würde es keine zwei Tage alleine zu Hause aushalten. Er konnte nicht für sich selbst sorgen. Er würde elendiglich zugrunde gehen, wenn sie sich nicht um ihn kümmerte. Und sie wusste, dass sie etwas tun musste, dass sie Rolf nicht im Stich lassen durfte.

Peter kam langsam auf sie zu. Sie konnte ihm trotz der Dunkelheit ansehen, dass es ihm Spaß bereitete, sie zu quälen. Er blieb so nahe vor ihr stehen, dass gerade ein Blatt Papier zwischen sie gepasst hätte. Mit seiner vorgestreckten Brust berührte er ihren Busen und wenn er ausatmete, roch sie den sauren Geruch von Wein.

„Na, was willst du hier?", fragte Peter süffisant und anzüglich. „Hast du dich vielleicht verlaufen?"

Dorle war unfähig, in ruhigen und überlegten Worten zu antworten.

Erst schüttelte sie nur den Kopf, was Peter ein müdes Lächeln abrang, in dem sich sein Gefühl der völligen Überlegenheit deutlich abzeichnete.

„Nein … ich … der Rolf …", stammelte sie, und sie konnte dabei beobachten, wie Peter sich an ihrer Hilflosigkeit weidete.

„Du weißt, ich würde dir gerne helfen, Dorle Becker", sagte er schließlich, „aber Recht ist Recht und muss Recht bleiben." Er legte seine rechte Hand auf ihren Hintern. Sie zuckte zusammen.

„Aber Rolf, der … es ist doch nicht für mich … es ist für Rolf", stammelte Dorle weiter, aber Peter blickte sie nur kalt an.

„Du bist hier eingebrochen. Und ich soll dich laufen lassen? Nur, weil ich Rolf so lange kenne? Es sind harte Zeiten. Ich würde gerne anders handeln, aber ich kann nicht. Das musst du verstehen, Dorle Becker. Ich werde dich jetzt in eine Kammer sperren und da bleibst du so lange, bis die Polizei kommt. Oder du …" Trotz der Dunkelheit wusste sie um den lüsternen Glanz in seinen Augen.

Verzweiflung, tiefe Verzweiflung machte sich in Dorle breit. Sie war diesem Menschen hilflos ausgeliefert. Das alles hätte sie ertragen, irgendwie, wie sie in den letzten Jahren so vieles ertragen hatte, aber Rolf alleine zu lassen, ihn alleine leiden zu lassen, das konnte sie nicht.

Sie sah Peter in die Augen und sie erkannte, dass er kein Jota von seinem Vorhaben abrücken würde. Von ihm war keine Gnade zu erwarten.

Als Peter sie mit seiner anderen Hand um die Hüfte fasste und sie ganz an sie ziehen wollte, handelte sie. Sie nahm das Messer, das neben ihr in einem der aufgehängten Tierleiber steckte und zog es aus dem Fleisch. Sie wusste nicht, woher sie die Kraft hatte, woher die Sicherheit kam, mit der sie den Griff umfasste und das Metall aus dem Fleisch zog. Es war eine einzige, geschmeidige Bewegung, das Rausziehen, die minimale Drehung ihres Körpers und der Stich in Peters Rücken.

Fassungslos sah er sie an. Sie wich zurück. Lautlos fiel Peter um. In seinen Augen las sie unendliche Verwunderung. Dann schlug der Leib auf dem Boden auf.

Entsetzt starrte Dorle die Leiche an.

IV.

Sie hatte nur einen schnellen Blick in das Zimmer werfen können, in dem die Männer um den großen Holztisch saßen und zufrieden aus tiefen Tellern die Lewwerknepp aßen. Trotz des Duftes hatte Dorle keinen Hunger. Sie würde warten, bis der Brunner Helmut zu ihr kam, um ihr die Medikamente zu geben. Sie war sich sicher, dass sie die bekommen würde. Misstrauisch hatte der massige Mann sie angeschaut, als sie am gestrigen Vormittag gekommen war, um ihm das Angebot zu machen. Lewwerknepp gegen die

Medikamente. Die besten Lewwerknepp. Und hinzugefügt hatte sie, „… genau das Richtige für die Fassenacht."

Brunners Misstrauen war Ernst gewichen. Abwartend schaute er die Frau mit dem geröteten Gesicht und dem Flehen in den Augen an.

Sie war von der Schulstraße bis zur Eleonorenstraße stramm durchmarschiert, nachdem sie Rolf versorgt hatte. An diesem Morgen sah sein Stumpf wieder besonders schlimm aus und er hatte gestöhnt, geweint und gedroht sich umzubringen, weil dieses Leben nicht mehr lebenswert war. Normalerweise ging Dorle nicht aus dem Haus, wenn ihr Sohn in diesem Zustand war. Sie glaubte zwar nicht, dass er seine Drohung wahr machte, aber sie wusste auch, dass sie sich auf ewig Vorwürfe machen würde, führte er seine Tat doch aus, genau dann, wenn sie nicht im Haus war.

„Lewwerknepp?", fragte Brunner. Sie sah dem Mann an, dass er die Fastnacht schon ausgiebig gefeiert hatte, obwohl es nicht viel zu feiern gab. Für Menschen wie sie jedenfalls.

Dorle nickte und sah den Mann erwartungsvoll an.

„Lewwerknepp an Fassenacht. Du bist doch Meenzerin …"

Dorle spürte Verzweiflung aufsteigen. Warum sagte der Mann nicht einfach zu. Wenn nun alles umsonst gewesen war?

„Die besten Lewwerknepp … in dieser Zeit … Fassenacht … ist doch … egal", stammelte Dorle.

Brunner ließ sie nicht aus den Augen, legte seine Stirn in Falten.

„Dazu braucht man doch Fleisch?" Er sprach das so leise aus, als sei es nur für ihn und nicht die Frau vor ihm bestimmt.

„Ja", antwortete sie beflissen. „Lewwer und Schweinehack."

„Lewwer. Schweinehack", wiederholte er und es schien, als denke er über diese Worte und ihre Bedeutung nach. Und wieder nickte Dorle beflissen.

„Das ist aber nicht einfach zu bekommen …", befand er, und sie spürte, dass sie zu schnell geantwortet hatte. „Warum hast du das Fleisch nicht gegen die Medikamente getauscht?"

„Weil …." Ihr fiel nichts ein. Sie war wie festgenagelt. Darum war sie in der Nacht beim Jupp eingestiegen und hatte einen Menschen niedergestochen. Du sollst nicht töten! Immer wieder dieser Satz. Aber sie hatte es doch nicht gewollt. Hätte er ihr doch nur ein Stück von der Leber und dem Fleisch gegeben. Ein kleines nur. Mehr wollte sie ja nicht. War Peters Geiz nicht genauso so gotteslästerlich wie ihre Tat? Und sie hatte es für Rolf getan. Für ihren Sohn. Als sie in der Nacht, als sie endlich, mit dem Fleisch in der alten Tasche, nach Hause gekommen war, ohne einer Person begegnet zu sein, konnte sie erst nicht einschlafen. Dieses Bild vom fallenden Peter und das Gebot. Sie konnte das nicht vertreiben. Als ihr dann endlich doch vor lauter Müdigkeit die Augen zugefallen waren, waren da gleich Peters tote Augen, die sie anstarrten und anklagten.

„Pass auf!", sagte Brunner streng. „Morgen kommt der Kleinmann zu mir. Du weißt, wer das ist? Das ist der französische Stadtkommandant", beantwortete er die Frage gleich selbst. „Er hat die Fastnacht erlaubt und wir werden sie morgen gebührend beenden. Dafür machst du die Lewwerknepp. Wenn sie uns schmecken, bekommst du deine Medikamente."

„Aber ich brauche doch … jetzt … mein Sohn … der Rolf …", begann sie zu betteln, aber sie sah dem Mann vor ihr an, dass sie ihn nicht erweichen würde und sie willigte ein, weil sie wusste, dass dies die einzige Chance war, an die Medikamente zu kommen. Rolf würde diese Nacht noch so durchstehen müssen. Und sie auch. Mit seinen Schreien und seinem Stöhnen in den Ohren.

„Um sechs Uhr morgen Abend. Und sei pünktlich!"

Ohne Verabschiedung drehte Brunner seinen schweren Körper um und verschwand im Haus.

In der folgenden Nacht träumte Dorle vom toten Peter, wie der in seiner geheimen Fleischkammer lag und wie sie begann, seinen Körper aufzuschneiden und ihm die Leber zu entnehmen. Gekonnt setzte sie ihre Schnitte und wollte das Stück feuchtes Fleisch in den kleinen Behälter an ihrer Seite gleiten lassen, als sie ein Schrei von Rolf aus dem Schlaf und ihrem kannibalischen Tun riss.

Es war noch früh und der Traum lastete schwer auf ihr. Müde erhob sie sich, schlich phlegmatisch ins Nachbarzimmer, versorgte Rolfs Wunde und ließ seine Flüche über sich ergehen. Danach konnte sie nicht mehr einschlafen und setzte sich an den wackeligen Tisch in der Küche, legte ihr Gesicht in ihre Hände. Heute musste sie ihr Meisterstück abgeben. Heute musste sie sich mit den Lewwerknepp selbst übertreffen. Irgendwann, es war schon hell draußen, begann sie mit den Vorbereitungen für die Lewwerknepp. Am Mittag war sie mit allem fertig. Die Fleischbrühe kochte auf dem alten Herd, die fertig gerollten Lewwerknepp lagen kühl im Keller auf dem kleinen Tisch. Jetzt musste sie Geduld haben. Immer wieder sah sie nach ihrem Sohn, der an diesem Tag sein Bett nicht verließ.

Pünktlich stand sie am Abend mit dem schweren Topf vor Brunners Haus. Mit unbewegter Miene bat der Hausherr sie ins Innere und wies ihr den Weg in die Küche, wo der Herd schon angeheizt war und eine ältere Frau, die Kartoffeln schälte, sie mit misstrauischen Blicken empfing.

Sie hatte die Lewwerknepp dann selbst in die Teller gefüllt. Sie wollte selbst servieren, aber das untersagte ihr die Alte. Also war Dorle ihr bis zur Tür ins Speisezimmer gefolgt, weil sie fürchtete, dass die andere ihr aus Neid oder Missgunst die Lewwerknepp versalzen würde. Und dann wäre alles umsonst gewesen.

So wartete sie in Brunners Küche, schlich sich immer wieder vor die Tür zum Speisezimmer, lauschte, hörte lautes Lachen, Wortfetzen und das Klirren von Gläsern, die aneinander gestoßen wurden, um bald darauf von der Alten in die Küche zurückgetrieben zu werden.

Dorle wollte sich nicht ausmalen, welche Qualen Rolf in dieser Zeit litt. Sie hätte Franzi bitten können, nach dem Rechten zu sehen, aber dann hätte sie ihrer Freundin erklären müssen, wohin sie ging und warum. Und dann hätte Franzi wissen wollen, woher sie das Fleisch hatte. Und irgendwann, dessen war Dorle sich sicher, würde der tote Peter gefunden werden. Und so dumm war Franzi nicht, dass sie da nicht gleich die Verbindung erkannte. Also hatte sie Rolf alleine lassen müssen und das beunruhigte sie von Minute zu Minute mehr.

Endlich, es war schon nach neun Uhr, hörte sie das Rücken eines Stuhles. Schnell lief Dorle zurück in die Küche. Schon streckte Brunner seinen Kopf durch die Tür. Er musste nichts sagen. Ein Blick genügte, dass sie verstand und nach draußen in den Flur kam. Er sah sie streng an, sekundenlang und ihr wurde angst und bange.

Dann, ganz langsam, wie in Zeitlupe, verzog sich sein Mund zu einem Lächeln.

„Bravo!", sagte er und stieß ihr dabei einen Schwall wein-
sauren Geruchs entgegen. „Dem Kleinmann haben deine
Lewwerknepp hervorragend geschmeckt."

Eine warme Welle durchfuhr Dorle, doch nur kurz, denn
Brunners Lächeln spiegelte sich nicht in seinen Augen.

„Du weißt, dass der Sohn vom Decker Jupp tot aufgefun-
den wurde? Kleinmann hat es mir erzählt. Die französischen
Polizisten suchen schon den Mörder."

Dorle schüttelte stumm und mit weit aufgerissenen Augen
den Kopf. Alles umsonst? War alles umsonst gewesen? Es
war alles umsonst gewesen, schoss es ihr durch den Kopf.

„Mit seinem eigenen Messer erstochen. In einer geheimen
Kammer. Hinter einer doppelten Wand."

Wieder sah er die Frau durchdringend an.

„Das Komische ist, dass nichts fehlt." Er machte eine Pause. „Oder fast nichts. Kannst du dir das erklären?"

Noch immer unfähig einen klaren Gedanken zu fassen,
schüttelte Dorle ihren Kopf. Alles umsonst! Alles umsonst!
Am liebsten wäre sie jetzt einfach losgerannt. Aber wohin?
Sie konnte sich nicht bewegen und wartete, dass Brunner die
Polizei rief oder sie diesem Stadtkommandanten übergab.

Stattdessen griff Brunner in die Tasche seine Jacketts und
reichte ihr mehrere kleine Pappschachteln.

„Was ist?", fragte Brunner, als sie keine Anstalten machte,
sie an sich zu nehmen. „Brauchst du die Medizin für deinen
Sohn nicht mehr?"

Langsam hob sie ihren Arm und öffnete ihre Hand und
ließ sich die Schachteln auf die Handfläche legen.

„Du kannst noch mehr davon haben."

Sie sah ihn verständnislos an.

„Kleinmann ist so begeistert von deinen Lewwerknepp,
dass er möchte, dass du für ihn kochst."

Dorle war sprachlos.

„Ich finde, das ist ein riesiges Lob. Ich hoffe doch, dass du nicht ablehnen wirst …"

„Aber Rolf … ich kann doch nicht …"

Mit einer entschiedenen Geste seiner Hand befahl er ihr den Mund zu halten.

„Es ist zum Besten deines Sohnes. Du wirst für Kleinmann arbeiten und dort die Augen und Ohren offen halten und mir alles sagen, was wichtig sein könnte. Dafür bekommst du von mir regelmäßig die Medikamente für deinen Sohn. Wenn du tust, was ich von dir verlange. Vielleicht werde ich auch Sonderaufträge für dich haben. Kann sein, dass ich auch einen Arzt ausfindig mache, der nach ihm schaut." Er sah sie lange an. „Der arme Peter", sagte er schließlich, schlug betroffen seine Augen für einen Moment zu, „Gott hab ihn selig".

Wie betäubt legte Dorle den Weg von Brunners Haus in die Schulstraße zurück. Das Gewicht des Topfes spürte sie nicht, ebenso wenig den kalten Wind.

Obwohl sie wusste, dass sie Rolfs Schmerzensschreie nicht bis auf die Straße hören konnte, empfand sie die Stille auf der Straße seltsam, als sie den Schlüssel ins Schloss der Hoftür schob. Sie stellte den Topf auf den Boden und eilte, ohne den Eingang zu schließen, über den Hof ins Haus. Rolf war weder in der Küche noch im Wohnzimmer oder im Bett. Schließlich ging sie, mit Tränen in den Augen, zurück in den Hof. Erst jetzt fiel ihr auf, dass die niedrige, zweiflügelige Tür in den Keller halb offen stand. Aus der Küche nahm sie eine Kerze und stieg langsam und mit angehaltenem Atem die Stufen hinab. Das erste, was sie von Rolf sah, war sein Fuß, der einen Meter über dem Boden neben einer umgeworfenen Kiste baumelte.

Nachsatz des Autors:

Auf Betreiben von Louis Théodore Kleinmann (1907 – 1979), Colonel in der französischen Armee und von Juli 1945 bis 1946 Stadtkommandant von Mainz, wurde 1946 die Fastnacht wieder belebt. Kleinmann sah in der Fastnacht ein Ventil, das angesichts der Trostlosigkeit der Verhältnisse vonnöten war, um den Lebenswillen der Bevölkerung zu stärken. Es entstanden die „Mainzer Abende". Aus einer geplanten Veranstaltung wurden vierzehn. Das Motto war „Lache unter Tränen". Am Rosenmontag, dem 4. März 1946, fand in der „Altdeutschen Weinstube" am Liebfrauenplatz die Wiedergründungs-Versammlung des MCC statt.

Leberklöße
(Lewwerknepp)

Für 4-6 Personen:
3 Wasserwecken, altbacken
2 Zwiebeln, fein geraspelt
Petersilie
250 g Kalbsleber
250 g Rinderleber
250 Schweinehackfleisch
2 Eier
Majoran
Pfeffer, Salz
etwas Mehl
2 l Fleischbrühe

Die Wasserwecken in Scheiben schneiden, mit kochendem Wasser übergießen und 15 Minuten ziehen lassen, dann fest ausdrücken, die Zwiebel raspeln und die Petersilie fein hacken, alles mit der gemahlenen Leber, dem Hackfleisch, dem Majoran und den Eiern vermischen; mit Salz und Pfeffer abschmecken.
Dann solange Mehl untermischen, bis die Masse geschmeidig und fest wird. Aus dem Teig mit nassen Händen kleine Knödel formen und sie in der leise siedenden Fleischbrühe so lange bei niedriger Hitze gegart, bis sie an die Oberfläche steigen.

(Quelle: Familienrezept)

DATEINAME: HERBST
Gabriela Wenke

Darauf also hatte sie so lange gewartet: Feuer.

Weil er den ganzen Packen auf einmal in den Kamin geworfen hatte, hatte das Papier die Flammen fast erstickt. Dann fingen einige der Blätter Feuer. Der Hauptstoß lag wie ein weißer Block auf einem Scheiterhaufen aus Eichenknüppeln, Holz aus den umgebenden Wäldern. Ihre Hand zuckte nach dem Schürhaken. Sie zog sie zurück und hielt sie mit der Linken fest in ihrem Schoß. Das wäre ja noch schöner, wenn sie das Feuer auch noch schüren würde.

Sie hatte einen Brand gelegt. Sie dachte an diesen Dokumentarfilm über die Aborigines, die Feuer mit Feuer bekämpfen. Wenn das hier das Gegenfeuer sein sollte, dann war es ein hilfloser Versuch. Hatte er ihre Seiten nicht gelesen, dass er glaubte, er könne sie hier in seiner Jagdhütte mitten in der Rheinhessischen Schweiz so einfach verbrennen und hätte dann das große Feuer besiegt?

Sie hörte ihn wieder hereinkommen. Er hatte in der einen Hand eine Flasche Champagner, in der anderen zwei Gläser. Wie er da stand, in seiner funkelnagelneuen Jägerkluft – und dann der Champagner. Aber das war typisch für ihn: Immer in neue Maskeraden schlüpfen und immer mindestens ein falsches Accessoire. Ihr wurde ihr eigenes Bild bewusst. Wie sie ihn aus den Augenwinkeln beobachtete, seitlich zum Kamin gebeugt, schmal, kraftlos. Ohne ein Wort des Protestes. Ein Bild der Schwäche. Sie ballte wütend die Fäuste und vergrub sie in den Taschen des langen, wollenen Rockes. Handgewebt, Gutsherrinnen-Art. War das nicht typisch für sie? Die perfekte, kleine Gattinnen-Puppe in der gepflegten Jagdhütte vor dem offenen Kamin? Sie streckte den Rücken, schob die Schultern zurück und das Kinn vor. Sie starrte in sein rotes, volles Gesicht unter den schütteren dunklen Locken. Mittelgroß, mittelbraun, mitteldick, mittelbegabt. Mittelmäßig. Aber schlau. Er hatte es weit gebracht. Erst nach Mainz und dann nach Berlin. Überdurchschnittlich erfolgreich. Vielleicht weil er unterdurchschnittlich sensibel war? Obwohl – für einen Mann? Doch eher mittel. Sie drehte sich ganz dem Feuer zu. Da brannte Dynamit. Aber hier und jetzt würde es nicht hochgehen.

„Bitte, Liebes, es war vielleicht nicht recht, es einfach ins Feuer zu werfen, aber glaub mir, ich tue dir einen Gefallen damit. Du hättest dich nur lächerlich gemacht! Das hat auch Anton gesagt und der schreibt für die FAZ. – In deinem Alter und dann einen Roman-Erstling. Lieber Himmel, wie peinlich. – Ich meine, dir sagt es dann keiner, bestimmt würde man dich ins Gesicht loben. Aber hintenherum ..."

Der Champagnerkorken knallte aus dem Flaschenhals.

„Na komm, ich entschuldige mich. Sei wieder gut, Elsemarie. Ich kauf dir auch den tollen Laptop, den du dir schon so lange wünschst. Da kannst du dann wieder die netten Geschichten für diese Frauenzeitschrift schreiben. Hier, trink einen Schluck mit mir."

Er hielt ihr eine der Champagnerflöten hin. Sie wand den Kopf ab. Sie konnte ihre Wut kaum beherrschen. Wer war sie denn, dass er so mit ihr sprach? Er wusste nicht einmal für wen und was sie die letzten – zehn? – Jahre geschrieben hatte. Nette Geschichten! Sie wand den Kopf noch weiter von ihm ab, ignorierte das schmale Glas in seiner Hand und beugte sich zur anderen Seite. Mit Anstrengung zog sie die rechte Faust aus der Tasche und griff nach einem übergroßen Glas mit Rotwein, tiefdunklem Rotwein, neben ihrem Sessel. Den hatte sie als passender für diesen Anlass empfunden. Den Anlass der Buchverbrennung? Hatte sie den vorausgeahnt? Sie trank mit geschlossenen Augen drei tiefe Schlucke. Er wich einen Schritt zurück, nervös, unsicher, mit einem Seitenblick auf die Blätter im Kamin. Er stürzte den Champagner aus einem der Gläser durch die Kehle.

Sie hatte sich gefasst. Ihre Stimme zitterte kaum.

„Du und dein Professorenfreund fandet mein Buch also trivial. Ihr wolltet mich nicht der Lächerlichkeit aussetzen. Wie nett von euch." Erstaunt reagierte er auf den sarkastischen Unterton. „Na, weißt du, Elschen, wenn du mit irgendeinem Dorfschullehrer verheiratet wärest, wäre das ja noch gegangen, aber so ..." In seiner Stellung, meinte er wohl. Und beim herablassenden „Elschen" war er wieder gelandet.

„Kein Mensch weiß, wer hinter meinem Pseudonym steckt, das weißt du ganz genau."

Sein Gesicht wurde härter. So wie bei einem Laienschauspieler, der den Westernhelden mimt. „Na, Elsemarie, weißt du", er wippte unbehaglich auf den Füßen, „ein paar von den Details in diesem Machwerk, die hätte die Frau Dorfschullehrer wohl kaum gewusst."

Sie kamen der Sache langsam näher. Sie hatten hier keine Buchverbrennung zu begießen, sondern eine Machwerksverbrennung. Und eine Detailverbrennung.

„Und trotzdem hast du mein Buch deinem Anton zum Lesen gegeben."

„Kein Problem, er gehört ja zu uns." Er stand jetzt am Fenster, mit dem Rücken zu ihr.

Zu uns. Wer das wohl war? Sie jedenfalls nicht. Sie drehte unablässig das Rotweinglas in ihren Händen und hielt den Blick unverwandt auf seinen fleischigen Nacken gerichtet. Wo war dieser schüchterne, schmale Student mit den

Wuschellocken geblieben, in den sie sich damals in Mainz an der Uni verliebt hatte? Irgendwann auf dieser langen Strecke hatte er sich aus einem liebenswürdigen, ehrgeizigen Idealisten in einen staatstragenden Machtpolitiker mit flexiblem Gewissen verwandelt. Und ihre Liebe sich erst in Enttäuschung, dann Ablehnung – und jetzt? Ein Scheit im Feuer brach polternd zusammen. Einzelne Blätter loderten auf und plötzlich schoss fauchend eine Stichflamme nach oben. Als er sich aufgeschreckt zu ihr umdrehte, saß sie vor den knisternden und zischenden Flammen, ein wehmütiges Lächeln im sorgfältig geschminkten Gesicht.

„Und dabei hast du dich heute so hübsch gemacht, den Tisch so fein gedeckt – wie zu einer Feier. Es tut mir leid, dass ich keine bessere Nachricht für dich habe." Er tätschelte ihre Schulter. „Sicher hast du gedacht, ich komme mit einem Vertrag für dein Buch aus Berlin zurück. Ha, ha!"

Seit wann hasste sie dieses keckernde Lachen schon? Zehn Jahre? Zwanzig Jahre? Sie starrte an ihm vorbei. Er stand vor ihr und redete begütigend auf sie ein. Begütigend! Seine Güte.

Er sah sie beunruhigt an. Die Irritation schlug um in Aggression. Er fauchte aufgebracht: „Zumindest hattest du in der letzten Woche jede Menge Leser. Und ich den Ärger. Roman, dass ich nicht lache, bei dir reicht es ja nicht einmal dazu, dir selbst etwas auszudenken. Ich weiß, warum du hier so ruhig sitzt. Du glaubst, du kannst mich austricksen. Du meinst, dann nehm' ich mir die Kopie von dem Manuskript oder druck es mir noch mal aus und geh damit zum Spiegel oder zum Stern!"

Ihr Gesicht blieb unbewegt. „Für so interessant hältst du die Geschichte?"

Er schnaufte. „Ich hab den Schinken gar nicht ganz gelesen. Aber unsere Leute. Die haben mich durch die Mangel gedreht. Meinten, du wüsstest Sachen, die nicht mal ich wissen dürfte. Das wäre ein Schlüsselroman, für jeden erkennbar, wer die Personen sind, die das Geld verschoben haben!" Er holte japsend Luft, stürzte das nächste Glas Champagner hinunter. Räusperte sich. „Elschen, dass kannst du nicht alleine gemacht haben, wer steckt dahinter?"

Er hatte ohne zu zögern die Arbeit von Monaten vernichtet. Er hatte sie, ohne sie zu fragen, Fremden zu lesen gegeben, er konnte nicht einmal unterscheiden, ob der Roman gut oder schlecht geschrieben war. Das einzige, was er begriffen hatte, war, dass die Story für ihn und seine Karriere schädlich war. Er hatte sie nicht gebeten, die Geschichte zu ändern. Es war ihm sogar zu lästig, sie ganz zu lesen. Aber er war sich sicher, dass sie nicht in der Lage war, so eine Geschichte allein zu schreiben. Er hatte nicht eine Sekunde daran gedacht, sich zu fragen, was ihr dieses Buch bedeutete. Falls sie auch nur noch einen Funken Hoffnung gehabt haben sollte, dass es einen Rest von Sympathie, so etwas wie Kommunikation gab, so war der erloschen.

Sie war frei. Frei zu tun, was sie wollte. Mit ihrem Zorn und ihrer Wut würde sie lernen müssen zu leben, besonders mit ihrer Wut auf dieses „Elschen" in ihr, dass sich so lange die Missachtung ihrer Person hatte gefallen lassen. Wie hatte sie so blöde sein können! Seit Jahren redeten ihre Freundinnen auf sie ein, sie solle aufhören, das pralinenfressende Pelztierchen zu spielen. Sie vergeude ihre besten Jahre. Nein, das hatte sie nicht getan. Für sie war der Herbst immer schon die schönste Jahreszeit gewesen. Da wurde die Ernte eingebracht. Und sie hatte fleißig gesammelt.

„Niemand steckt dahinter. Ich bin Journalistin, schon vergessen?"

„Na. Ja, irgendwann mal. Aber heute nicht mehr. Oder?"

Sie stand auf. „Ich hol jetzt mal das Essen."

Zögernd versuchte er ihr zu folgen.

„Setzt dich nur. Der Salat ist schon fertig. Feldsalat mit frischen Pilzen, das magst du doch so gern."

Entgeistert schaute er ihr nach.

Am stilvoll gedeckten Tisch steckte er sich die Leinenserviette in die zünftige Jägerweste. Angespannt beobachtete er, wie gelassen sie die beiden Teller mit dem Salat auf den Tisch stellte. „Was gibt es denn sonst noch Schönes?"

Sie lächelte und spießte genüsslich das Feldsalatröschen auf die Gabel. „Wildschweingulasch nach dem Rezept deiner Mutter. Das Fleisch hab ich von deinem Jagdgenossen aus Frei-Laubersheim."

Fast wirkte er erleichtert. „Wie schön, dass du daran gedacht hast! Net wahr, wir werden uns schon einig?!"

Sie sah ihn nachdenklich an. „Irgendwie schon." Sie griff nach dem Spätburgunder und stieß sogar mit ihm an, als er auch sein Glas hob. Er trank wieder, ohne das Glas abzusetzen.

„Der Anton hat übrigens gesagt, du wärst gar nicht so untalentiert."

Sie blieb einen Moment mit dem schweren Tablett in der Küchentür stehen. Zögerte einen Augenblick. Dann stellte sie die dampfenden Schüsseln auf den Tisch, bevor sie sich ihm wieder gegenüber setzte. Wildschweingulasch mit Rotkraut und Kartoffelklößen – ganz so, wie es ihre Schwiegermutter damals der Studentin aus Mainz beigebracht hatte.

„Aber was du geschrieben hast, das würde mich ruinieren!"

Sie aß scheinbar ungerührt. Genüsslich schlürfte sie ihren

Rotwein. Er schaufelte das Essen so schnell in sich hinein, dass er kaum noch Luft bekam vor Gier und Wut. Langsam wurde er ruhiger. Das Essen besänftigte ihn.

„Du solltest dir etwas Stärkeres einschenken, ich habe mit dir zu reden."

Er sah erschrocken hoch, als sie aufstand und zum Kamin ging.

„Du hast nichts verstanden. Ich habe das Buch alleine geschrieben. Es war mein größter Wunsch, das zu schaffen."

Sie stoppte ihn, mit der aufgestellten Hand, die Handfläche vor seinem Gesicht, als er etwas sagen wollte. „Du hattest eine Chance, etwas an deinem Leben zu ändern, bevor ich es veröffentliche. Aufzuhören mit diesem Lug und Trug und Schwarzgeld und Posten schieben. Ich wäre bereit gewesen, die Geschichte so zu ändern, dass du aus dem Schneider gewesen wärst. Das sagst du doch so gern. ‚Dann bin ich aus dem Schneider.' Du hast schon seit Jahren keinen Gedanken mehr an mich verschwendet. Wenn du das Buch richtig gelesen hättest, wüsstest du ein wenig, wer ich bin, wie ich denke. Jetzt werde ich die Geschichte so lassen, wie sie ist."

Mit hochrotem Kopf stürzte er den zweiten Obstler hinunter. „Gar nichts wirst du tun. Dein Buch erscheint nicht. Das werden wir verhindern! Unsere Leute haben bei uns zu Hause in deinem Computer alles gelöscht. Die Disketten und den USB-Stick auch. Glaub mir, da waren Kerle vom BND dabei, denen entgeht nichts."

„An die hast du mich also auch noch verraten. Weißt du überhaupt, was das bedeutet, wenn man jemandem sein Lebenswerk zerstört? Wenn ich jetzt verhinderte, dass du jemals wieder in der Politik eine Rolle spielen kannst? Du würdest zu Hause sitzen, und niemand würde dich auch nur zu einer Party einladen. Sie würden dich fallen lassen wie eine heiße Kartoffel."

„Das wirst du nicht wagen, das werde ich nicht zulassen. Ich habe mächtige Freunde ..."

„Ich weiß, das steht ja alles in meinem Buch. Ich sollte damit zum Stern gehen. Vielleicht werde ich das tun."

Er war blaurot angelaufen, hing auf der kleinen Couch und hatte die Weste und den Hosenbund geöffnet. Auf der Stirn standen Schweißtropfen.

„Du willst uns doch nicht ruinieren! Wir werden uns schon einigen. Demnächst machen wir beide mal ein paar Wochen richtig Urlaub. Nicht wahr, Elschen? Du siehst doch immer noch wirklich gut aus, da macht dir doch sicher ein Strand-urlaub Spaß." Jetzt rang er nach Luft.

Sie überredete ihn, sich ins Bett zu legen, machte ihm kalte Umschläge. Es ging ihm immer schlechter. Sie brachte ihm noch ein paar Gläser mit Kräuterschnaps, aber die schienen nicht zu helfen.

Im Morgengrauen machte sie sich auf den Weg. Er hatte den Wagen mit dem Chauffeur weggeschickt. Sie hatte sich schon vor einer Woche herfahren lassen. Ein Telefon gab es nicht, ein Handy hatte sie immer abgelehnt, damit er we-nigstens hier draußen einmal ungestört war. Sie musste die paar Kilometer bis zum nächsten Ort zu Fuß gehen. Dort wartete der Chauffeur in einem Gasthof. Er hatte die Auf-gabe, im Notfall Kontakt zu seinem Chef zu halten. Natür-lich waren die Sicherheitsleute dagegen gewesen, dass er so abgeschieden dort draußen im Wald war. Die Alarmanlage und das Handy waren fürs nächste Mal bereits beschlossen. Ein Wunder, dass sie ihn hatten allein in die Hütte fahren lassen.

Die Blätter raschelten, als sie mit ihren Wanderschuhen hindurch lief. Leicht, locker, kräftig. Auch das stolpernde Elschen war tot. Über dem Höhenzug im Osten tauchte die Sonne wie ein Ball aus Feuer den Laubwald in goldrotes Licht. Im Tal unten war noch Nebel. An einer Biegung blieb sie stehen. Es war ein Aussichtspunkt, dem sie nie widerstehen konnte. Sie sah den Rauch aus dem Schornstein ihrer Hütte aufsteigen. Sie atmete tief ein und fühlte – Glück. Sie reckte und streckte sich, hielt die Arme über den Kopf, als wolle sie die Sonne umarmen. Es war Herbst. Wundervoller, fruchtbarer Herbst. Ihre Jahreszeit. Jetzt und für lange. Jetzt begann ihr Leben. Die Hütte würde sie behalten. Sie würde sich ein bisschen zieren, es sei dort unheimlich, weil ihr Mann da so elend gestorben war usw. Aber dann würde sie klammheimlich dort bleiben.

Die letzte Woche war wunderbar gewesen. Es war ein verwunschenes Stück Waldlandschaft in ihrem Rheinhessen, das so arm an Wäldern war. Es gab so viele ergiebige Pilzstellen. Keiner wusste, dass sie sich inzwischen gut damit auskannte. Wenn sie herausfanden, dass er an einer Pilzvergiftung gestorben war, würden sie ihr nie beweisen können, dass sie den Pilz absichtlich ins Essen getan hatte. Jeder wusste, dass ihr Mann sich immer als der große Pilzkenner aufspielte und sie nicht einmal Pilze aß. Bis jetzt nicht. Gestern Abend hatte sie den Pilz lange in ihrer Rocktasche versteckt. Dann hatte sie ihn über seinen Feldsalat geschnippelt. Sie nahm für ihre Portion nur die Walnüsse. Er wollte es ja nicht anders.

Sie würde jetzt im Dorf Hilfe holen. Heute Morgen sei sie aufgewacht und da hätte ihr Mann so komisch im Bett gelegen. Große Rehaugen, die kleine zarte Gestalt. Das Elschen eben. Einmal durfte es noch nützlich sein. Wenn das alles vorbei war, würde sie es begraben. Vielleicht in ihrem nächsten Roman. Ihren ersten würde sie eine Weile auf Eis legen, bis jeder den Politiker aus dem Rheinhessischen vergessen hatte. Falls überhaupt jemand es verdächtig fand, wie er gestorben war.

Aber nicht für immer.

Sie zog ein Notebook aus ihrem Rucksack und klappte es auf. Eine Kleinigkeit wollte sie vorher erledigen. Sie rief die Datei „herbst" auf und die Unterdatei „jagdhütte". Sie lächelte. Fein. Kennzeichnete die Datei auf der Übersicht von Explorer und klickte auf: Löschen. Und: Ja.

Dann schickte sie das so gekürzte Manuskript per E-Mail an eine gute Freundin.

Wildschweingulasch

Für 6-8 Personen:
   1 kg Wildschweinfleisch, gewürfelt
   (Wild)-Schweineschmalz
   2 große Zwiebeln
   500 ml Wildschweinfond (oder gute Brühe)
   frischer Thymian
   Majoran
   1 kleiner Zweig Rosmarin
   Prise Piment
   Salz, Pfeffer
   ca. 15 zerdrückte Wacholderbeeren
   Mehl
   500 g gekochte Maronen
   eine Handvoll Trockenpflaumen ohne Kern
   375 ml trockener Rotwein

Das Wildschweingulasch im (Wild)-Schweineschmalz anbraten, gewürfelte Zwiebeln hinzufügen, mit Pfeffer, Salz, Thymian, Majoran, Piment und zerdrückten Wacholderbeeren würzen, leicht mit Mehl bestäuben, mit Wildscheinfond aufgießen und sanft schmoren lassen. Nach 30 Minuten die gekochten Maronen und die getrockneten Pflaumen zufügen, mit einer halben Flasche gutem, trocknen rheinhessischen Rotwein aufgießen, ca. eineinhalb Stunden leicht köcheln lassen.
Durch Maronen, Trockenpflaumen und das übergestäubte Mehl wird die entstehende Sauce sehr sämig.
Dazu passen selbstgemachte Kartoffelknödel und Rotkraut, das man mit Äpfeln, wenigen Nelken, Piment und der zweiten halben Flasche Rotwein gart.

(Quelle: Familienrezept)

TOTER HASE
Sarah Geraldine Nisi

> *„Die Kunst ist lang. Und kurz ist unser Leben."*
> J. W. von Goethe

Ich will nicht angeben, aber einige Bilder meiner Mutter hängen in den berühmtesten Museen der Welt. Tate Modern. Guggenheim. Metropolitan. Von privaten Sammlungen und Galerien gar nicht erst zu sprechen.

Nur wenige Künstler können so einen Erfolg für sich verbuchen. Und kaum einer schafft es, bereits zu Lebzeiten von der Kunst zu leben.

Meiner Mutter ist es gelungen. Verdientermaßen. Ich kenne nicht viele, die so gut sind wie sie. Eine Handvoll – wenn überhaupt.

Das hat natürlich seinen Preis. Sie ist viel unterwegs. Manchmal wochen- ja, beinahe monatelang. Dann wieder gibt es Zeiten, in denen sie sich in ihrem Atelier verbarrikadiert und wie eine Besessene arbeitet. Niemand darf sie dann stören, sie kann fuchsteufelswild werden.

Als Kind war das für mich nicht immer leicht. Welches Kind findet es schon gut, wenn die eigene Mutter kaum Zeit hat?

Doch beklagt haben wir uns nie, wir lebten schließlich nicht schlecht von ihrer Arbeit, konnten uns viele Dinge leisten, die anderen Familien verwehrt blieben. Und je älter ich wurde, desto mehr bewunderte ich sie. Stundenlang konnte ich bei ihr sitzen. Genoss es, ihr zuzusehen, wie sie die Farbe mischte, den richtigen Pinsel auswählte, Leinwände präparierte. Wenn sie Zeit hatte, erklärte sie mir die Technik, die sie gerade anwendete.

Besonders fasziniert hat mich immer eine Methode, bei der Farbe auf eine auf dem Boden liegende Leinwand getropft wird. Struktur und Muster bilden sich dabei aus den Farbspritzern und Klecksen. Ein Markenzeichen bestimmter Künstler.

Ein Traum für jedes Kind. Es gab Tage, an denen ich nichts anderes tat, als voller Zufriedenheit Farbe in all ihren Varianten aus dem Loch im Boden einer Farbdose auf die Leinwand tropfen zu lassen. Karminrot. Dunkelblau. Tiefschwarz.

Ich muss lächeln.

Das alles kann ich dem grauen Mann vor mir nicht erzählen. Ein Gefühl sagt mir, dass er es nicht verstehen wird.

Der graue Mann ist Berufsberater und heute bei uns in der Schule zu Gast. Nur mühsam kann ich ihm folgen, immer wieder fallen mir die Augen zu. Ich drehe den Kopf zur Seite, um mein Gähnen zu verstecken.

Um mich herum weitere müde Gesichter. Dunkle Schatten unter kleinen Augen. Der Stress des letzen Schuljahres lässt sich nicht verbergen. Eine Klausur jagt die nächste. Jede Prüfung quetscht kontinuierlich mehr Energie aus einem heraus.

Ich lasse meinen Blick durch das Klassenzimmer wandern. Die letzte Reihe scheint sich entweder dem kollektiven Tiefschlaf oder dem geflüsterten Austausch von Neuigkeiten hinzugeben. Die Aufmerksamkeit ist auf dem Nullpunkt.

Ich richte mich auf. Auch wenn ich glaube, die Ansichten des grauen Mannes über die Entwicklung des Arbeitsmarkts nicht unbedingt zu teilen, versuche ich doch, ihm so etwas wie Respekt entgegenzubringen. Er hat ihn verdient.

Nach einer allgemeinen Einführung folgt eine halbstündige Abhandlung über Einstiegsgehälter. Er hat verschiedene

Statistiken über Gehaltsstrukturen vorbereitet. Ich denke mir, dass nicht jeder Arzt, Banker oder Jurist werden muss. Doch vermutlich will er mit seinem Vortrag motivieren.

„In zwei Monaten ist das Abitur geschafft. Dann beginnt der Ernst des Lebens." Er lächelt. Gönnerhaft.

Ich kann den Satz nicht mehr hören und nehme mir vor, beim nächsten Mal aufzuspringen und „Einspruch" zu rufen. Ehrlich. Das Leben ist so ernst, wie man es nimmt. Nicht mehr. Und nicht weniger. Unabhängig vom Alter oder der Situation. Von der Drohung, die sich hinter dieser Aussage verbirgt, will ich gar nicht erst sprechen.

Ich atme tief ein und bin froh, die Entscheidung über meine berufliche Zukunft getroffen zu haben. Ich benötige keinen grauen Mann, der mich berät.

Als die Klingel zur Pause läutet, atmen alle erleichtert auf. Es ist geschafft. Augenblicklich füllt lautes Geplauder und Lachen den Raum. Diese Pause ist mehr als verdient.

Geschäftig packt der graue Mann seine Unterlagen zusammen. Akten, Folien und zwei Bücher verschwinden in einer Tasche. Dann schaut er suchend hoch. Sein Blick bleibt an mir hängen. Er schafft es nicht, das Hochziehen seiner Augenbraue zu verhindern.

Ich halte seinem Blick stand. Doch es fällt mir schwer. Ich kann die Anspannung in jeder Zelle meines Körpers spüren.

Mit einer Abschiedsfloskel auf den Lippen verlässt er das Klassenzimmer. Er dreht sich nicht um. Ob er etwas ahnt?

Der graue Mann. Jung. Konservativ. Seit über einem Jahr mein fester Freund. Unsere Beziehung, geprägt von Höhen und Tiefen, seit gestern ein Abgrund.

Die Frage, ob ich es hätte kommen sehen müssen, beschäftigt mich ohne Unterlass. Selbstvorwürfe ließen mich letzte Nacht kaum schlafen.

Doch wie hätte ich ahnen sollen, welches Unheil von ihm ausgehen würde? Wie hätte ich voraussehen sollen, dass er die Existenz meiner gesamten Familie bedrohen würde?

Er hat angefangen Fragen zu stellen. Was meine Mutter arbeitet. Warum sie so beschäftigt ist. Wo ihre Bilder zu sehen sind. Immer neue Fragen. Fragen, auf die ich ihm keine Antworten geben kann.

Als Kind einer professionellen Kunstfälscherin aufzuwachsen unterscheidet sich nicht von dem Leben anderer Kinder, deren Mütter berufstätig sind. Doch es bedeutet, Verschwiegenheit bereits in die Wiege gelegt zu bekommen.

Die Welt der Kunstfälscher ist nicht groß. Man arbeitet im Verborgenen. Genießt das Geld. Bewahrt Stillschweigen. Mehr gibt es nicht zu sagen. Diskretion ist das höchste Gut. Seit ich weiß, womit meine Mutter ihren Lebensunterhalt verdient, lebe ich diese Maxime exzessiv.

Gestern Abend die Eskalation. Er äußerte seinen Verdacht. Es gäbe Ungereimtheiten. Er schrie mich an, wollte die Wahrheit aus mir herauspressen. Drohte, der Polizei einen Hinweis zu geben, über die „Machenschaften" meiner Familie.

Ich schaffte es, ihn zu beruhigen. Doch ich konnte den Zweifel in seinen Augen sehen. Meine Erklärungen genügten ihm genauso wenig wie meine Bitte, die Angelegenheit auf sich beruhen zu lassen. Letzteres kam – seiner Meinung nach – einem Geständnis gleich.

Der letzte Ausweg: Dippe-Has. Ein kindlich-naiver Versuch ihn zu besänftigen. In der Hoffnung, der tote Hase würde ihn ablenken, besorgte ich in aller Eile die Zutaten für sein Lieblingsgericht. Er liebt es, wenn ich für ihn koche. Vermutlich weckt es ein sentimentales Gefühl von Geborgenheit in ihm.

Während ich den abgezogenen Hasen von seinen Knochen befreite, rasten meine Gedanken. Wie konnte ich die Situation retten?

Ich briet Speck und Zwiebeln an, zerteilte das Fleisch in kleine Stücke. Mundgerecht. Er wich mir nicht von der Seite. Redend, gestikulierend. Vollkommen unversöhnlich. Meine Nerven waren zum Zerreißen gespannt.

Ich vermengte Salz, Pfeffer und Muskat zu einem Gewürzgemisch. Streute es über den Hasen. Ein Wort von ihm und nicht nur meine Mutter würde auffliegen. Die gesamte Existenz meiner Familie wäre in Gefahr.

Ich gab die Nelken, den Wacholder und die Lorbeerblätter dazu. Plötzlich hielt ich inne und schaute in sein vor Selbstgerechtigkeit verzerrtes Gesicht. Ich konnte es drehen und wenden, interpretieren oder analysieren, wie ich wollte, am Ende gab es nur eine zu akzeptierende Konsequenz: Er musste weg.

Mein Blick fiel hinaus auf den Garten und der Blaue Eisenhut fiel mir wieder ein. Er könnte ausnahmsweise das Rezept abrunden. Bereits in kleinen Mengen führen die darin enthaltenen Alkaloide zum Tod durch Atemlähmung.

Mit neu gewonnener Energie bereitete ich das Gericht zu Ende vor und stellte den Bräter schließlich samt Inhalt in die Speisekammer.

Den Blauen Eisenhut pflückte ich, während er schlief. Ich konnte ohnehin kein Auge zumachen und schlich mich vorsichtig aus dem Bett, als die Kirchenglocke von St. Laurentius 2 Uhr schlug. Im Garten, wo das Grundstück an die Weide von Bauer Henze grenzt, hatte ich das Gewächs vor einiger Zeit entdeckt. Es würde mir einen guten Dienst erweisen.

Nicht nur der Hase hatte seinen letzten Tag gelebt.

Das Essen wird heute Abend stattfinden. Mit dem Versprechen, ihm in Ruhe bei seinem Lieblingsgericht die Situation zu erklären, konnte ich ihn etwas aus der Reserve locken.

Seine Portion Dippe-Has wird eine spezielle Würzung enthalten. Ich hoffe, es geht schnell. Ich möchte kein schlechtes Gewissen haben.

Mit seinem Tod werden die stundenlangen Diskussionen über meinen Berufswechsel ebenfalls ein Ende haben. Erledigt. Vorbei.

Nichts steht der Beendigung meiner Anstellung als Lehrerin für Geschichte und Kunst an einem Mainzer Gymnasium nach nur drei Berufsjahren im Weg.

Ich werde künftig als freischaffende Künstlerin tätig sein. Wie meine Mutter.

Die Verdienstmöglichkeiten sind einfach besser.

Dippe-Has'
(ein im Ofen mit Rotwein und Gewürzen gegarter Hase)

Für ca. 6-8 Personen:
1 Wildhase
100 g gewürfelter Räucherspeck
100 g geräucherte Schinkenspeckscheiben
1 Scheibe Schwarzbrot, zerbröselt
2 Zwiebeln, gewürfelt
10 Pfefferkörner
10 Wacholderbeeren
5 Nelken
1 Lorbeerblatt
Pfeffer, Salz
1 Prise Muskat
1 Karotte, gerieben
½ − ¾ l trockener Rotwein
1/8 l saure Sahne
Speisestärke

Den Hasen in 6 − 8 Stücke zerlegen, waschen, trocken tupfen, anschließend häuten.
In einem Bräter die Speckwürfel auslassen, wieder entnehmen und zur Seite stellen; die Hasenteile in dem ausgelassenen Fett kräftig anbraten. Zum Salzen und Pfeffern herausnehmen und wieder in den Bräter zurückgeben.
Nun die Hasenteile mit den Schinkenspeckscheiben bedecken, die gewürfelten Zwiebeln, die geriebene Karotte, das zerbröseltes Brot und alle Gewürze dazugeben.
Den Rotwein aufgießen, sodass das Fleisch bedeckt ist.
Im geschlossenen Bräter 2½ -3 Stunden bei 180°-200° C schmoren (je nach Backofen und Alter des Hasen).
Den Sud zum Schluss eventuell durchsieben, noch einmal abschmecken, die Sahne unterrühren und mit Speisestärke binden.

(Quelle: Familienrezept)

ACH, LIEBLING
Angelika Schröder

„Ach, Liebling, ist das schön, endlich mal wieder in Ruhe mit dir plaudern zu können, ohne Angst haben zu müssen, dass Egon mich überrascht. Du kennst ja seine Eifersucht. Einfach schrecklich! Wenn er daheim ist, lässt er mich keinen Moment aus den Augen und wenn er arbeitet, ruft er aus den seltsamsten Gründen an – natürlich um mich zu kontrollieren. Wie ich das hasse! Aber jetzt schläft er und wir haben drei Stunden Zeit. Vorsichtshalber habe ich ihm ein leichtes Schlafmittel in seinen Kakao getan, um ganz sicher zu sein, dass er nicht früher wach wird. Für ihn muss der Kakao immer schrecklich süß sein, deshalb hat er auch nichts gemerkt. Der Olwer ist eingeschlafen, noch bevor er ausgetrunken hatte. Ich wäre liebend gern zu dir gekommen, aber ich habe Backeskartoffeln im Ofen. Seit zwei Wochen redet Egon auf mich ein, dass er Backesgrumbeere haben will. Ich finde ja, das Gericht schmeckt im Winter, wenn es draußen kalt ist, viel besser als jetzt. Sonnenschein und Backesgrumbeere passen einfach nicht zusammen, aber meine Meinung interessiert ihn ja nicht. Sein Wort ist Gesetz, daheim genauso wie in der Firma. Was soll ich jammern ... du kennst ihn ja. Der Chef hat immer Recht und wenn er mal nicht Recht hat, siehe Paragraf eins! Heute Mittag, als er vom Einkaufen kam, warf er mir vier Scheiben gesalzenes Eisbein auf den Tisch, stellte zwei Flaschen Gewürztraminer dazu und starrte mich solange auffordernd an, bis ich schließlich in den Keller ging, um die Kartoffeln zu holen. Erst als ich das Schälmesser in der Hand hielt, ging er rauf, um sich schlafen zu legen, wobei er mir noch die Ohren voll gejammert hat, das Einkaufen sei ja sooo anstrengend gewesen. Was glaubt der Simpel eigentlich, wie es mir geht, wenn ich mich allein um alles kümmern muss? Als er zu schnarchen anfing, habe ich Fenster und Türen des Schlafzimmers fest verschlossen, damit niemand ihn hört. Unsere Nachbarn sitzen nämlich draußen im Garten und ich fände es peinlich, wenn sie bemerkten, dass Egon an so einem schönen Samstagnachmittag im Bett liegt. Nun habe ich Ruhe bis heute Abend. Ich glaube, ich habe noch nie so schnell Kartoffeln geschält wie eben, um möglichst viel Zeit mit dir verbringen zu können – auch wenn uns nur das Telefon verbindet.

Ach, Liebling, wie lange ist es her, dass wir uns gesehen haben? Nach meinem Gefühl zu urteilen, sind es Monate, selbst wenn der Kalender eine Woche sagt. Aber – ob nun einen Monat oder eine Woche - was spielt das für eine Rolle? Ich möchte dich jeden Tag sehen. Ich sehne mich nach dir, deiner Wärme und Zärtlichkeit. Egon weiß gar nicht, was Zärtlichkeit ist, der Dollbohrer. Einmal drüberhüpfen, fertig, gute Nacht! Bei ihm muss alles schnell gehen. Sogar das! Ich möchte in den Arm genommen und festgehalten werden, deine sanften Finger spüren, wenn sie über meinen Rücken streichen. Ich hoffe so sehr, dass ich Egon nicht begleiten muss, wenn er nächste Woche zur Messe fährt und wir dann endlich wieder Zeit für uns haben werden. Seine Eifersucht ist nicht mehr zu ertragen. Er behandelt mich, als gehörte ich ihm so wie sein Auto, sein Haus, seine Firma. Ich fühle mich wie eine Gefangene, und der Käfig ist nicht einmal vergoldet. Über jeden Cent, den ich ausgebe, muss ich Rechenschaft ablegen. Jede Rechnung wird nachgesehen. Für dein Handy muss ich immer wieder ein neues Versteck suchen. Er schaut regelmäßig in alle Schränke, weil er angeblich irgendetwas sucht. Blödsinn! Der sucht nichts, der will kontrollieren. Aber irgendwann werde ich diesem Kerker entkommen. Ich glaube fest an das Schicksal. Es wird nicht mehr lange dauern, bis das Ekel seine Strafe erhält.

Ach, Liebling, hätte ich doch bloß diesen blöden Ehevertrag nicht unterschrieben. Der fesselt mich mehr als Geld oder Gefühle. Aber damals war ich jung und verliebt und Egon charmant und großzügig. Doch, ich muss zugeben, es war eine schöne Zeit – damals. Sie ging nur viel zu schnell vorbei. Gleich nach der Hochzeit zeigte er sein wahres Gesicht, seine Eifersucht, seine Engstirnigkeit und seinen Geiz. Glaubst du, dass er mich ins Theater ausführt? Nein, er hat keine Zeit und allein lässt er mich nicht. Es könnte mir etwas passieren, behauptet er. Möchte wissen, was er glaubt, was mir passieren kann. Vermutlich hat er Angst, ich könnte einen Mann kennenlernen, dem es egal ist, dass ich nach einer Scheidung ohne einen Cent dastehe. Oder ihm ist einfach das Geld zu schade, dem ollen Geizkragen! Essen gehen wir auch nie. Daheim schmecke es doch viel besser, erzählt er mir jedes Mal und wundert sich, dass ich mich über dieses tolle Kompliment nicht freue. Ich stehe stundenlang in der Küche, so wie heute, um anschließend undefinierbares Grunzen und Schmatzen zu hören. Bei seinen Freunden gibt er damit an, dass ich nicht zu arbeiten brauche. Er könne es sich leisten, dass seine Frau daheim bleibt und sich um das Haus und den Haushalt kümmere, tönt er großartig auf jeder Feier. Klar, ich bin schließlich billiger als jede Putzfrau.

Ach, Liebling, lass uns über etwas Angenehmeres reden. Weißt du noch, als wir uns das erste Mal sahen? Auf der Weihnachtsfeier in Egons Firma? Bis dahin hatte ich nie für möglich gehalten, dass es so etwas wie Liebe auf den ersten

Blick gibt. Mit Egon, nun ja, das war anders. Er hat mich regelrecht verführt. Teure Urlaube, teure Geschenke, und ich dumme Gans habe tatsächlich geglaubt, wer so viel Geld für mich ausgibt, der muss mich lieben. Und mir gefiel Egon ja auch ganz gut. Aber wir beide, du und ich, das war einmalig, das war gigantisch. Ein Blick und ich fühlte mich verzaubert, genauso wie es in den Romanen immer beschrieben wird. Vor unserer ersten Nacht – erinnerst du dich? In dem Landhotel, als er im Krankenhaus lag? Du hattest Champagner bestellt, für mehr blieb keine Zeit – da habe ich gezittert, als wäre es das erste Mal – und irgendwie war es das ja auch. Du hast mich in deine Arme genommen – und alles war gut. Ich habe mich noch nie so sicher und so geborgen gefühlt. Dann der schnelle Abschied. Ich musste zurück.

Ach, Liebling, du ahnst nicht, wie sehr ich mich darauf freue, wenn wir beide endlich offen zueinander stehen können. Wenn wir keine Angst mehr vor üblem Klatsch haben müssen, keine Angst, dass Egon dich rauswirft und du plötzlich ohne Arbeit dastehst. Wer weiß, ob du wieder einen Job finden würdest – so wie ich Egon kenne, würde der das zu verhindern wissen. Ich glaube, rachsüchtig ist er zu allem anderen auch noch. Erinnerst du dich an seine frühere Sekretärin? Sie hatte sich an seinen bevorzugten Keksen vergriffen, weil mal wieder keine Zeit für eine Mittagspause war. Er ist sie auf ganz fiese Art losgeworden, hat einfach behauptet, sie hätte in die Portokasse gegriffen. Und das arme Ding war viel zu geschockt, um sich an einen Anwalt zu wenden. Das zeigt doch, wie hinterhältig und gemein Egon ist. Jedenfalls – wenn wir nicht ohne Geld dastehen wollen, kann ich mich nicht scheiden lassen und du darfst deinen Job nicht riskieren. Geld braucht man nun einmal. Sonst macht das ganze Leben keinen Spaß. Aber keine Angst, mein Liebling, ich habe schon eine Idee. Und wenn Egon fort ist, kannst du dich endlich scheiden lassen, ohne dass jemand nach dem Warum fragt. Da deine Frau berufstätig ist und ihr keine Kinder habt, wird sie nichts verlangen können und dann werden wir beide uns endlich das Leben schön machen. Ich meine, nachdem ich so lange mit Egons Geiz und Eifersucht leben musste, steht mir ein Teil seines Geldes zu, gleichgültig, was der Ehevertrag aussagt. Du musst nur noch ein bisschen Geduld haben, das Schicksal ist mit uns. Ich weiß es.

Wenn ich so über uns drei nachdenke, finde ich, dass Egon dir eigentlich dankbar sein müsste. Ohne deinen Trost und deine Unterstützung hätte ich es nicht so lange bei ihm ausgehalten. Wer weiß, vielleicht hätte ich mich trotz des dämlichen Vertrags längst scheiden lassen. Aber du gibst mir täglich neuen Mut, du sorgst dafür, dass ich stark bleibe. Was wäre ich ohne dich?

Ach, Liebling, ich bin raus in den Garten gegangen, um mehr Raum zwischen ihm und mir zu haben. Das ist dumm, ich weiß, insbesondere, da die Nachbarn mithören können, weshalb ich auch ganz leise spreche, aber es gibt mir einfach ein besseres Gefühl. Außerdem fängt die Backesgrumbeere an zu duften. Wäre es draußen kalt, würde ich jetzt die zweite Flasche Gewürztraminer öffnen und die freie Zeit genießen. Aber bei diesem Wetter ziehe ich den Duft der Rosen vor. Ich sitze auf der Bank vor dem Haus, genieße die Sonne und freue mich, deine Stimme zu hören statt des ewigen Lamentos von Egon.

Habe ich dir erzählt, dass neulich die Sprechstundenhilfe unseres Arztes angerufen hat? Egon hatte sein Rezept vergessen. Der Idiot rennt alle drei Monate zum Arzt, um sich gründlich untersuchen zu lassen. Anstatt mal ein bisschen zu joggen oder weniger zu essen, schluckt er lieber Pillen. Jedenfalls hat sie mir gesagt, dass Egon völlig gesund sei und nur eine leichte Allergie gegen Wespengift habe. In diesem Jahr schwirren die kleinen Biester wirklich überall herum, selbst im Haus habe ich sie schon angetroffen. Ich frage dich, was ist eine leichte Allergie? Entweder hat er eine oder nicht. Die gute Frau wiederholte wenigstens fünf Mal, ich solle unbedingt so schnell wie möglich vorbeikommen und das Rezept abholen. Ein Kortisonpräparat für den Fall der Fälle. Das ist bestimmt keine harmlose Sache, oder was meinst du? Vermutlich war das die ärztliche Version von Um-den-heißen-Brei-reden, damit ich mich nicht aufrege. Das ist mal wieder typisch für unseren Hausarzt. Ich denke, ich werde im Laufe der nächsten Woche hingehen, bisher habe ich es einfach nicht geschafft. Im Garten ist so viel zu tun und dann das große Haus ...

Ach, Liebling, ich wünschte, du könntest mit mir hier im Garten sitzen. Der Rosenduft ist einfach himmlisch. Wie schade, dass ich ihn dir nicht durchs Telefon schicken kann. Vor mir auf dem Tisch steht ein Glas mit Apfelsaft und jetzt sammeln sich die Wespen am Rand. Hm, die sind ganz schön wild, einige stürzen sich sogar selbstmörderisch in die süße Flüssigkeit. Ich finde es faszinierend, die Tiere zu beobachten. Sie gefallen mir. Der ganze Garten ist voll davon, Wespen, Bienen, Schmetterlinge. Wunderschön! Solange man sich still verhält, gibt es keine Probleme. Aber so viel Willenskraft besitzt Egon natürlich nicht. Der muss immer gleich um sich schlagen. Typisch Mann!

Nein, bitte leg noch nicht auf. Es ist einfach himmlisch, die Sonne zu genießen und mit dir zu plaudern. Unsere gemeinsame Zeit ist so rar, bitte lass uns jede Minute nutzen. Egon hat seinen Wecker auf drei Stunden gestellt. Solange brauchen die Backeskartoffeln. Wie, deine Frau kann jeden Moment kommen? Dann haben wir ja schon länger als zwei Stunden geredet. Meine Güte, wie die Zeit vergeht! Gut, wenn du unbedingt willst, dann lass uns Schluss machen, mein Liebling. Es ist sowieso Zeit, die Schlafzimmerfenster zu öffnen, damit die armen Wespen ins Freie fliegen können."

Rhoihessische Backesgrumbeere
(Backeskartoffeln)

Für 4-6 Personen:
   2 kg Kartoffeln
   Schmalz
   Lorbeerblätter
   2 große Zwiebeln, in Scheiben
   Nelken
   Paprikapulver
   4 Scheiben gesalzenes Eisbein
   Salz, Pfeffer
   2 Becher Schmand oder saure Sahne
   trockener Weißwein
   etwas Zimt

Kartoffeln schälen, würfeln und die Hälfte davon in den mit Schmalz gefetteten Bräter geben. Darauf kommen die Hälfte der Lorbeerblätter, die Hälfte der Zwiebelscheiben, Nelken und Paprikapulver, mit Salz und Pfeffer würzen. Das Eisbein darauflegen, dann die restlichen Kartoffeln samt Zwiebelscheiben und Gewürzen, wieder salzen und pfeffern. Wein und saure Sahne miteinander verrühren und darübergießen und die Backesgrumbeere vorsichtig mit wenig Zimt überstäuben, anschließend 4-5 Stunden bei 160-170° C im Backofen garen.
Die Backeskartoffeln isst man mit eingelegter Roter Bete. Dazu gibt's natürlich ein Glas Wein, am besten einen Gewürztraminer!

(Quelle: Das Rezept stammt aus meinem Freundeskreis)

CHARLOTTE WACHT AUF
Elisabeth Heinemann

Am Morgen jenes Tages, den die Wormser Wetterbeobachter ein paar Monate später zum heißesten des Jahres erklären würden, wachte Charlotte aus unruhigem Schlaf auf. Schon wieder ein neuer Tag. Und schon wieder war sie gezwungen, ihn zu leben. Aufstehen. Morgentoilette. Anziehen. Frühstücken. Oder besser gesagt, erst einmal nachschauen, ob der Kühlschrank überhaupt noch etwas Essbares für sie bereithielt. Von selbst füllte er sich leider nicht. Und Charlotte war weder einkaufen gewesen, noch hatte ihre besorgte Freundin Ulli für Nachschub in Sachen Nahrung gesorgt. Nein. Ulli hatte die Nase voll und zwar gestrichen, wie sie während der letzten Tage nicht müde wurde zu betonen. „Du bist Ende vierzig und nicht scheintot. Ja, ich weiß, dein Doc hat dich langzeitkrank geschrieben, aber soweit ich sehe, kannst du durchaus laufen, demzufolge auch einkaufen", hatte sie es mit einer Mischung aus Hilflosigkeit, Verzweiflung und Wut in der Stimme auf den Punkt gebracht. „Ich verstehe es nicht. Und solange du es mir nicht wenigstens versuchst zu erklären, bin ich nicht weiter bereit, dich in deiner Weltuntergangsstimmung noch dadurch zu bestärken, dass ich für dich einkaufe und du dich in der Zwischenzeit in dein Sofa eingraben kannst."

Charlotte hatte sie einfach nur angeschaut. Sie versteht es nicht. Woher auch, ich verstehe es ja selbst kaum. Dann war Ulli mit einem „Charly, ich mag dich wirklich sehr, aber wenn du mir nicht sagst, was du hast und wie ich dir helfen kann, dann verlange bitte auch nicht von mir, dass ich dir beim Untergehen tatenlos zusehe."

Dann war sie mit knappem Gruß gegangen. Fünf Tage

war das nun her. Fünf Tage, in denen keiner mehr den Kühlschrank aufgefüllt hatte. Fünf Tage, in denen sich Charlotte wieder und wieder den Kopf darüber zermartert hatte, was genau eigentlich schiefgelaufen war. Und was dazu geführt hatte, dass eine erfolgreiche Kriminalhauptkommissarin dermaßen aus dem Ruder gelaufen war und so gänzlich ihre Souveränität verloren hatte, dass der Amtsarzt sich schließlich vor sechs Wochen gezwungen sah, sie erst einmal aus dem Verkehr zu ziehen. Wegen eines beginnenden Burnout-Syndroms. Oder wie es formal korrekt auf der Krankmeldung gestanden hatte: wegen emotionaler Erschöpfung.

In der Tat. Sie war emotional erschöpft. Jahrelang hatte sie perfekt funktioniert, geheiratet und Karriere bei der Polizei gemacht, auch wenn ihr Vater, Dr. Hermann von Gruben, lange Jahre Wirtschaftsminister in Rheinland-Pfalz, es ihr nie verzeihen konnte, dass sie, statt in Mainz als höhere Beamtin im Innenministerium zu bleiben, lieber nach Worms in die dortige Kriminalinspektion gegangen war. Er wertete das als persönlichen Affront, Charlotte hingegen als gelungene Flucht vor ihrem übermächtigen Vater. Immerhin war sie als Leiterin des K2, Zuständigkeitsbereich Gewalt gegen Frauen und Kinder sowie Sexualdelikte, in seiner Achtung nicht völlig ins Bodenlose gefallen. Mittlerweile war ihr Vater tot und Kriminalhauptkommissarin Charlotte von Gruben geschieden, kinderlos, aber beruflich zutiefst ausgefüllt, hatte ihr Leben zumindest so weit im Griff, dass sie manchmal sogar glücklich war. Oder einfach nur zufrieden.

Aber seit ein paar Monaten hatte sie rein gar nichts mehr im Griff. Schon gar nicht sich selbst. Sie vergaß wichtige Termine, reagierte in Verhören entgegen ihrer sonstigen Professionalität emotional und unkontrolliert und schnauzte Kollegen an. Selbst ihren Stellvertreter Paul Gellert, den sie nun wirklich schätzte, wenn nicht sogar mochte. Was war also passiert? Eigentlich nichts. Nichts, was nicht während der letzten zwanzig Jahre ihrer Dienstzeit im K2 permanent passiert wäre: vergewaltigte Frauen, misshandelte Kinder, zerrüttete Familien und entgleiste Jugendliche. Business as usual. Charlotte drehte sich auf die Seite. Zu viele abgetötete Kinderseelen, zu viele verkrachte Existenzen, zu viele junge Frauen, denen sie wieder auf die Beine helfen wollte und deren Resignation vor dem Leben oder nackte Angst vor Ehemann, Freund oder Vater jedes Hilfsangebot ins Nichts laufen ließ. Wie die neunzehnjährige Gymnasiastin aus dem Nachbarhaus, die Charlotte seit einem guten Jahr versucht hatte, aus dem Kreislauf emotionaler Abhängigkeit vom Vater herauszuholen. Missbrauch. Übelste Sorte. Gedeckt von der Mutter, anstandshalber übersehen von den Nachbarn. Schließlich lebte man im Musikerviertel, einer der besten Wormser Gegenden. Da passierte so etwas nicht. Und eines Tages stand die junge Frau dann vor Charlotte, schwanger vom Vater und Tränen überströmt, umarmte die Kriminalhauptkommissarin, flüsterte ihr ein leises „Danke für alles" ins Ohr und rannte weg. Zwei Tage später fand man sie am Rheinufer. Selbsttötung durch eine Überdosis Schlaftabletten, die sie wohl ihrer sich über Jahre hinweg gegenüber der unfassbaren Wahrheit betäubenden Mutter aus dem Nachttisch genommen hatte. Danach fing es an. Das mit Charlotte.

Stefan, ihr Ex-Mann, hatte es ja immer schon gewusst. Sie sei für den Job einfach zu weich. Und so unrecht hatte er damit gar nicht. Charlotte war sentimental und neigte zur Schwermut. Aber dafür war sie mit einem untrüglichen Sinn für zwischenmenschliche Spannungen und großem Einfühlungsvermögen ausgestattet. All das ließ sie in manche Menschen tiefere Einblicke nehmen, als es diesen im Zweifelsfall lieb sein konnte. Aber das war im Augenblick ohne Bedeutung.

Es klingelte zum zweiten Mal. Lasst mich doch bitte, bitte endlich in Ruhe. Charlottes hilflose Strategie, ihrem Schmerz zu entfliehen, bestand hauptsächlich in konsequentem Verdrängen und Desinteresse für alles und jeden. Seit Wochen machte sie keine Post mehr auf. Und selbst Gellerts trickreiche Anrufe, mit denen er sie durch geschicktes Einfordern ihres „Eindrucks von der Sache" so ganz nebenbei in laufende Ermittlungen einbeziehen wollte, weckten sie nicht aus ihrem seelischen Wachkoma.

Überhaupt das Telefon. Sie ging nur noch dran, wenn das mit Ulli und Gellert vereinbarte Vorklingeln zu hören war. Dreimal. Dann Pause. Und wenn es anschließend wieder klingelte, nahm sie ab. Aber Türklingeln? Nein. Dafür gab es keine Vereinbarung, also auch keinen Grund zu öffnen. Es klingelte zum dritten Mal und Charlotte hörte, wie etwas mit Schwung gegen ihre Haustür geschoben wurde. Sie wartete, ob der unverschämte Klingler es ein viertes Mal wagen würde. Doch die Türklingel blieb stumm. Sie kämpfte noch einige Minuten gegen ihre Lethargie, entschied sich dann aber doch dazu, aufzustehen und nachzuschauen, was vor der Tür lag.

Es war ein Paket von etwa doppelter Schuhkartongröße. Blanker Karton, kein Packpapier. Auf der Oberseite stand in dicken Druckbuchstaben ihr Name. Keine Adresse, keine Briefmarken. Nichts, was Indiz eines normalen Postweges gewesen wäre. Also hatte jemand die Sendung einfach vor ihre Wohnungstür gelegt. Das stellte keine wirklich große Herausforderung dar, denn die Haustür des Vierparteienaltbaus hatte seit Längerem kein Schloss und der Hausmeister offenkundig keine Zeit, sich um dieses nicht unerhebliche Problem zu kümmern. Charlotte nahm das Paket, ging damit in die Küche, legte es achtlos auf den Tisch und trat den Rückzug ins Bett an. Schließlich war es gerade einmal 8 Uhr und auch ohne Burn-out-Syndrom viel zu früh, um aufzustehen. Doch nach ein paar Schritten fühlte sie etwas, dass sie schon viele Monate lang nicht mehr gespürt hatte. Es meldete sich nur ganz zart. Vorsichtig, wie ein guter Freund, der nicht stören, aber trotzdem vorbeischauen möchte, und leise anklopft. Ihr Instinkt, ihr untrüglicher sechster Sinn meldete sich zu Wort. Und Neugierde. Charlotte ging zurück zum Küchentisch, nahm ein Messer und öffnete mit Bedacht das Paket.

Was soll mir das sagen, zum Kuckuck? Und vor allem: Wer will mir da etwas sagen? Auf dem Küchentisch lag ausgebreitet, was Charlotte verwundert zutage befördert hatte: eine nicht mehr ganz gefrorene, offensichtlich küchenfertige Forelle, gut verpackt in Styropor und Flüssigeissäckchen, jeweils ein kleiner Klarsichtbeutel mit Salz und Pfeffer sowie ein größerer mit Mehl. Und dann war da noch der Zettel. Charlotte hielt ihn in der Hand und las ihn zum wiederholten Male durch.

Wasch du den Fisch, bereit ihn fein,
er will mit Salz und Pfeffer sein.
Wend ihn im Mehl, dass er sodann
in heißer Butter braten kann
bis knusprig er und lecker gar.
Derweil ich schon beim Bräutchen war.
Für dich den Fisch, für mich die Maid.
So hat ein jedes seine Zeit.

Charlotte lebte lange genug in Worms, um zu wissen, dass sie gerade ein in seltsame Worte gefasstes und recht

einfaches Rezept für den hier traditionsreichen und beliebten Backfisch las. Schließlich hatte man sogar ein Volksfest
nach dieser Delikatesse benannt. Nun, eine Delikatesse war
es vielleicht nicht unbedingt, aber Charlotte mochte den in
Fett ausgebackenen Fisch. Allerdings bevorzugte sie Ullis
Edel-Variante: Zander in Bierteig und anschließend mindestens einen Obstbrand. Oder besser zwei. Zum Verdauen
halt.

Ein Rezept also, nebst Zutaten. So weit, so ungewöhnlich.
Doch von dieser ohnehin schon befremdlichen Tatsache
einmal abgesehen, gefielen Charlotte die drei letzten Zeilen
nicht. Ganz und gar nicht. Was sollte das bedeuten? Derweil
ich schon beim Bräutchen war. Eine Braut? Charlotte rieb
sich das Kinn. Für dich den Fisch, für mich die Maid. Der
Autor, wenn es denn ein Mann war, schien die Braut zu meinen. War er der Bräutigam? Von welcher Maid sprach er?
Dass ihr hier ein wohlmeinender Unbekannter nur einfach
den Kühlschrank füllen wollte, davon war nicht auszuge-
hen. Erstens wäre dies an sich schon höchst unwahrschein-
lich gewesen, zweitens wusste außer Ulli und ihr selbst niemand über ihren ernährungstechnischen Notstand Bescheid
und drittens hätte sich wohl keiner die Mühe gemacht, extra
noch zu dichten. Und dann diese letzten Zeilen. Charlotte
reizte es, Gellert anzurufen. Doch der junge Familienvater
war samstags sicherlich mit Besserem beschäftigt, als sich
gedichtete Backfischrezepte anzuhören. Außerdem hatte sie ihn in den letzten Wochen bei seinen sicherlich nett
gemeinten Einbeziehungsversuchen so oft gegen die Wand
laufen lassen, dass er bestimmt nicht besonders gut auf sie zu
sprechen war. Überhaupt. Erst jetzt fiel Charlotte auf, dass
ihr Assistent in der letzten Woche gar nicht mehr angerufen
hatte. Hat wohl aufgegeben. Kann ich ihm nicht verdenken.

Sie verwarf die Idee, Paul Gellert anzurufen. Überhaupt wollte sie sich nicht mehr mit diesem blödsinnigen Paket und seinem ebenso blödsinnigen Inhalt abgeben. Und Fische von Unbekannten würde sie ganz sicher nicht essen. Erst recht nicht bei der Hitze. Auch nicht gebacken. Also verschwand der gesamte Inhalt des sonderbaren Pakets im Mülleimer und Charlotte wieder in ihrem Bett.

Es klingelte erneut. Seit dem letzten Mal war gut eine Stunde vergangen. Diesmal reagierte Charlotte sofort. Sie stand auf und lief an die Tür. Es war nichts zu hören. Kein Atmen, keine Schritte. Charlotte wartete noch einen Moment, dann öffnete sie die Wohnungstür und sah sich um. Nichts und niemand. Was hatte sie auch erwartet? Make an educated guess. John Malkovich zu George Clooney in dieser himmlischen Werbung für eine zwar exzellente, aber dafür völlig überteuerte und gegen alle Prinzipien des ökonomischen Umgangs mit Verpackungsmaterialien verstoßende Kaffeesorte. Ihr Blick fiel auf die Fußmatte und traf auf einen Hammer. Kein gewöhnlicher mit Eisenkopf, sondern ein offenbar schon mehrfach benutzter Holzhammer. Damit soll ich wohl den Fisch weich klopfen. Nicht nur Charlottes Instinkt und Neugierde schienen sich einen Weg zurück an die Oberfläche zu erkämpfen, sondern offenkundig auch ihr Sinn für Humor. Aber der brachte sie jetzt nicht weiter. Da spielte jemand mit ihr. Und wenn sie etwas nicht mochte, dann war es, an einem Spiel beteiligt zu sein, dessen Regeln sie nicht kannte. Hammer. Ein Holzhammer. Verdammt, was soll der Hammer? Und verdammt sei der Samstag. Charlotte wählte Gellerts Mobilnummer.

„Paul Gellert ... ach, Charlotte. Wie schön, deine Stimme zu hören. Ich habe ja schon fast nicht mehr mit dir gerechnet. Wie geht's, Chefin?"

„Naja. Geht so. Unverändert halt." Charlotte zögerte einen Moment und sagte dann: „Du, ich habe Post bekommen."

„Aha. Ja, das grassiert gerade in der Stadt. Just heute Morgen hat mir meine Frau erzählt, dass sie völlig unerklärlicher Weise ein Schreiben vom Finanzamt im Briefkasten vorgefunden hat und sich überhaupt nicht erklären kann, wie das da wohl hineingekommen ist." Das Grinsen in Gellerts Stimme war nicht zu überhören. Charlotte versuchte es trotzdem, denn im Augenblick war ihr zum einen überhaupt nicht nach Scherzen zumute und zum anderen brauchte sie ihre Konzentration, dieses Telefonat überhaupt führen zu können. Wenn man wochenlang in Desinteresse und Verdrängung Zuflucht gesucht hatte, dann kostete jeder Schritt in die persönliche Normalität ungeheure Kraft. Auch ein Telefongespräch. Und das merkte Charlotte in jedem Muskel ihres Körpers, der sich anspannte, als ob sie gerade an einem Power Yoga Kurs für Fortgeschrittene teilnehmen würde.

„Paul. Ernsthaft. Ich habe nicht einfach nur Post bekommen. Damit würde ich dich wohl kaum am Wochenende belästigen. Bitte, lass mich erzählen, ich weiß nicht, wie lange ich konzentriert mit dir telefonieren kann."

„Entschuldige. Leg einfach los und erzähl mir von deiner Post", erwiderte Gellert ein wenig verlegen und hörte schweigend zu, bis Charlotte alles berichtet hatte.

„Nun, ganz ehrlich, Chefin", kommentierte er das Gehörte. „Ich werde da nicht wirklich schlau draus, aber vielleicht hat das alles auch gar keinen tieferen Sinn?"

„Wenn das keinen tieferen Sinn hat, quittiere ich sofort meinen Dienst", blaffte Charlotte in den Hörer. „Mensch, Paul. Das mit dem Fisch und dem Gedicht könnte ich ja noch als Blödsinn abtun. Aber der Hammer! Ich habe daraufhin das Gedicht aus dem Müll geholt und irgendwie dämmert mir da etwas. Aber ich kann mich nicht konzentrieren. Sagt dir das denn nichts?"

„Du meinst, der Fisch und der Hammer?"

„Ja. Und vor allem das mit der Braut." Charlotte wurde unruhig. Das wurde sie meistens, wenn sie genau wusste, dass sie einer Sache eigentlich auf der Spur war und die Lösung uneigentlich doch so wenig greifbar schien. „Kannst du nicht auch mal drüber nachdenken?"

„Klar", antwortete Gellert. „Ich muss heute noch die ganze Familie begrillen. Wenn ich dann stundenlang im Würstchen-, Steak- und Hähnchenschenkeldampf vor mich hin gare, habe ich ja ausreichend Zeit und Muße, darüber nachzudenken. Versprochen." Charlotte seufzte ein Danke in den Hörer, legte auf und grübelte weiter.

Sie mochte wohl etwa eine Stunde vor sich hin sinniert haben, als es wieder an der Tür klingelte. Charlotte stand so schnell von ihrem Stuhl auf, dass dieser umfiel und lautstark auf den Küchenboden knallte. Doch alles Beeilen nutzte nichts. Der seltsame Postbote hatte sich bereits in Luft aufgelöst, als Charlotte mit Schwung ihre Wohnungstür aufriss. Auf der Fußmatte lag ein kleines Kästchen aus rosenbedrucktem Karton. Sie nahm es, ging in die Küche, legte es auf den Esstisch und schaute das Rosending einen Moment lang einfach nur an. Was willst du von mir? Vorsichtig hob sie den nur lose auf das Kästchen gesteckten Deckel ab und holte einen billigen MP3-Player heraus.

Ich bin der Prodekan,
man sieht mir's gar nicht an;
jedoch die Fakultät,
die was davon versteht,
schickt unanimiter

mich immer hin und her
als Prüfungskommissär.

Charlotte hörte die Operettenarie bis zum Ende. Sie hätte sie auch mitsingen können. Carl Zeller. Der Vogelhändler. Wenn sie nicht ganz falsch lag, dann war einer der beiden Sänger sogar Theo Lingen, der die Rolle des bestechlichen Prodekans in einer Verfilmung aus den späten 1960er-Jahren zum Besten gegeben hatte. Charlotte war Dank ihrer Mutter zwar durch eine harte musikalische Erziehung gegangen, aber dafür auch durch eine allumfassende. Denn Maria von Gruben hatte niemals Berührungsängste in Sachen U-Musik, auch wenn ihre Liebe eindeutig der Klassik galt. Und Operette war für eine Wagnerianerin eben schon Unterhaltungsmusik. Aber um den Wert der einen schätzen zu können, musste man im Hause von Gruben eben auch immer die andere Seite kennenlernen. Also Operette, Musical und dergleichen. Sollte Charlotte jemals Groll ihrer Mutter gegenüber darüber empfunden haben, seit frühester Kindheit musikalisch zwangsgebildet worden zu sein ... jetzt war er vergessen.

Wo ist hier der springende Punkt? Beim Vogelhändler? Wohl kaum. Beim Prodekan etwa? Charlotte zermarterte sich das Hirn. Und welche Rolle spielten der Backfisch, die Braut und der Hammer? Der Backfisch, die Braut ... Backfisch, Braut ... Backfischbraut. Natürlich, das musste es sein. Sie war während der letzten Monate wirklich ein wenig eingerostet. Die Backfischbraut. Charlotte spürte, wie sich ihre Muskeln entspannten. Aber nur ein wenig, denn jetzt hatte sie Feuer gefangen. In Worms wurde jedes Jahr eine neue Backfischbraut gekürt, mit der der „Bojemääschter vun de Fischerwääd", also der Bürgermeister von der Fischerweide, einer schmalen Wormser Gasse, zu Beginn des Backfischfestes die Amtsgeschäfte im Rathaus übernahm. Um sie ging es also. Du meine Güte. Charlotte schlug sich mit der flachen Hand an die Stirn. Dabei hatten bereits Fisch und Brautgedicht diese Deutung mehr als nahe gelegt. Aber um welche Backfischbraut ging es? Die Zahl der bisherigen Bräute inklusive der diesjährigen Auserwählten war nicht gerade klein. Irgendwo in diesem Rätsel musste also noch ein Hinweis darauf versteckt sein, welche Backfischbraut konkret gemeint war.

Charlotte holte die übrigen Puzzleteile und legte sie neben den MP3-Player auf den Küchentisch. Den Fisch, den sie mittlerweile auch wieder aus dem Müll geholt hatte, das gedichtete Rezept mit dem Hinweis auf die Braut und den Hammer. Klar. Die Bedeutung des Hammers gab Charlotte noch große Rätsel auf. Ebenso wie die Operettenarie aus dem Vogelhändler. Langsam, Charlotte. Eins nach dem anderen. Die Backfischbraut war geklärt. Der Hammer nicht. Da die beiden ersten Begriffe Backfisch und Braut nur zusammengefügt Sinn gemacht hatten, versuchte es Charlotte mit neuen Komposita. Fischhammer. Brauthammer. Hammerbraut. Nun, Letzteres war eine zumindest unter Jugendlichen gängige Bezeichnung für ein Mädchen, das sich mit Fug und Recht auch als solches bezeichnen durfte. Doch Charlotte glaubte nicht daran, dass diese Deutung des Hammers hier eine Rolle spielte. Plötzlich kam ihr eine Idee. Sie holte ihren Laptop, fuhr ihn hoch und wartete, bis er sich automatisch mit ihrem heimischen WLAN verbunden hatte. Dann rief sie Google auf und gab Backfischbraut und Hammer als Suchbegriffe ein. Die ersten Treffer halfen ihr nicht weiter. Ein ortsansässiger Baumarkt hatte nicht nur diverse Hammer im Sonderangebot, sondern auch die Backfischbraut von 2005 zur Eröffnung einer neuen Gartenabteilung als Ehrengast begrüßt. Und ein Restaurant warb damit, dass das Essen ein derartiger Hammer sei, dass die Backfischbraut hier regelmäßig ein- und ausginge. Charlotte las sich durch etwa zehn weitere Treffer, bis sie auf einen Eintrag stieß, der ihre grauen Zellen in Habachtstellung versetzte. Da hatte jemand mit dem Namen @WormserBub im Mai 2009 auf Twitter folgende Nachricht gepostet: „Ohne Worte. Die Backfischbraut hat gerade mit dem Holzhammer den Zapfhahn erschlagen. Holt doch mal nen echten Kerl für das Bierfass." Das war also der Zusammenhang. Die Backfischbraut des Jahres 2009 hatte bei ihrer offiziellen Vorstellung im Mai das Bierfass nicht wie geplant angestochen, sondern wohl eher zerlegt. Jetzt galt es also nur noch herauszufinden, wer die besagte Dame war.

Charlotte googelte weiter und wurde fündig. Annegret Michel. Im echten Leben Hochschulangehörige, genauer gesagt Assistentin im Fachbereich Informatik der Fachhochschule Worms. Fachhochschule. Fachbereich. Jeder Fachbereich hatte doch auch einen Prodekan. Charlotte schlug sich mit der flachen Hand auf den Tisch. Somit war auch die Operettenarie geklärt! Ein Verweis auf die FH. Aber was sollte das nun alles? Da steh ich nun, ich armer Tor! Und bin so klug als wie zuvor. Charlotte lächelte bitter in sich hinein. Goethes Faust passte nahezu immer. Und dieses Zitat brachte es gerade ziemlich genau auf den Punkt. Charlotte hatte die einzelnen Puzzleteile identifiziert. Aber sie fügten sich noch keineswegs zu einem vollständigen Puzzle zusammen.

Der Kaffee war gerade durchgelaufen. Charlotte stieg soeben aus der Dusche, als es erneut klingelte. Sie stolperte fast über den herunterhängenden Gürtel ihres Bademantels, so schnell lief sie an die Tür, die sie hektisch aufriss.

„Ja, Frau von Gruben. Was sind mir denn des für Zustände: Es ist schon nach elf und sie laufen als noch im Bademantel rum. Na, des da lag jedenfalls auf Ihrer Fußmatte. Und weil's da schon länger lag, dachte ich, ich reich's ihnen einfach mal rein." Mit diesen Worten und dem verächtlichen Blick einer pflichtbewussten Hausfrau, die jeden Morgen – winters wie sommers – um spätestens 6 Uhr wahlweise die Fenster putzte oder lautstark Möbel verrückte, um durchsaugen zu können, drückte Frau Pohl aus dem ersten Stock Charlotte einen dicklichen DIN A5 Umschlag in die Hand. Dann schaute sie erwartungsvoll. Denn dass die Frau von Gruben jetzt quasi als Dank für ihre Freundlichkeit den Brief noch in ihrem Beisein öffnen würde, war für Frau Pohl ausgemachte Sache. Nur für Charlotte offenbar nicht. Sie bedankte sich kurz, wünschte anstandshalber noch ein schönes Wochenende und schlug der verdutzten Nachbarin die Tür vor der Nase zu. Dann ging sie in die Küche und inspizierte die neuerliche Postsendung. Offenbar hatte sie das Klingeln unter der Dusche nicht gehört. Egal.

Irgendwie habe ich das Gefühl, dass du mir jetzt das finale Stückchen für dein Puzzle präsentieren willst. Na dann.

Langsam öffnete Charlotte den Umschlag und ließ dessen Inhalt auf den Tisch gleiten. Es war ein Buch. Ein Buch über die häufigsten Baumarten in deutschen Wäldern. Charlotte blätterte es durch und blieb auf Seite 74 hängen, die der mysteriöse Absender mit einem gelben Post-it-Zettel markiert hatte.

Tief soll sie schlafen, die junge Braut,
Und selbst, wenn einer nach ihr schaut,
So wird er nicht stören den tiefen Schlaf.
Für immer sie ruhen wird, tugendreich brav,
Sobald der Zeiger auf Zwölf sich gedreht.

Dem ewigen Schlaf nichts im Wege mehr steht.
Der Kreis stolzer Bäume ein Grab für sie sei,
Würdig und schön, gerade und frei.

Charlotte blieb fast das Herz stehen. Er wollte sie umbringen. Keine Frage. Die Backfischbraut Annegret Michel sollte in den ewigen Schlaf fallen. Nur ruhig, Charlotte. Denk nach. Der Zettel steckte im Kapitel über Kastanienbäume. Und im Gedicht war auch von Bäumen die Rede. Der Kreis stolzer Bäume. Kreis. Bäume. Klar. Die FH. Der dritte Verweis auf die Wormser Fachhochschule. Nach der Arie aus dem Vogelhändler und Annegret Michels Beruf als Fachbereichsassistentin. Charlotte googelte wieder, diesmal nach Fotos von der FH, und sie wurde sofort fündig. Auf dem Campus, auf den die Neubauten der Hochschule gestellt worden waren, wuchsen mehrere riesige, im Kreis angeordnete Kastanien. Charlottes Puls fing an, zu rasen. Das sollte also das Grab der Backfischbraut werden. Es war August, demzufolge vorlesungsfreie Zeit und davon abgesehen ohnehin Samstag. An der FH würde niemand arbeiten. Und was stand noch in dem makabren Gedicht? Sobald der Zeiger auf zwölf sich gedreht. O Gott … es ist gleich halb zwölf. Jetzt wurde Charlotte richtig nervös. Sie griff nach ihrem Telefon und rief Gellert an.

„Paul. Du musst an die FH fahren. Dringend. Ich komme auch hin, aber ich weiß nicht, wie schnell ich es schaffe." Charlotte hatte das Telefon zwischen Schulter und Ohr geklemmt und zog sich zeitgleich an.

„Chefin, was ist denn los? Ist etwas passiert?" Gellerts Stimme klang beunruhigt.

„Ich hoffe nicht. Oder besser gesagt, ich hoffe noch nicht. Komm einfach auf den Campus der FH, zu den zwei Backsteinbauten. Da stehen Kastanien im Kreis, dort treffen wir uns. Und schnapp dir am besten noch Mergentheimer und Becker. Und Paul ... beeil dich bitte." Sie legte auf, nahm ihren Haustürschlüssel vom Dielentisch und lief hinaus.

Von ihrer Wohnung zur FH waren es nur ein paar hundert Meter, doch Charlotte hatte in den letzten Wochen mangels Training entschieden Kondition eingebüßt. Daher fühlte es sich so an, als ob ihr mit jedem ihrer schnellen Schritte ein Zementsack gegen die Brust gedrückt wurde. Als sie nach einer gefühlten Ewigkeit endlich den Campus der Fachhochschule erreichte, steuerte sie geradewegs auf die Kastanien zu. Die Baumriesen bildeten inmitten des von zwei alten Backsteinbauten und dem rechtwinklig gehaltenen Neubau umgebenen Campus eine Art Rondell. Hier musste es sein. Und tatsächlich schien dort etwas zu liegen. Etwas, das von einem braunen, sich auf den ersten Blick kaum vom erdigen Untergrund abhebenden Tuch bedeckt wurde und ungefähr die Größe eines Kopfes hatte. Es war eindeutig zu klein, um ein ausgewachsener Mensch zu sein. Und doch packte Charlotte für einen kurzen Moment das blanke Entsetzen, denn unter dem Tuch lugte eine blonde Haarsträhne hervor. Sie beugte sich langsam hinab, fasste sich und zog vorsichtig das Tuch weg.

Vor ihr lag eine Puppe. Eine weiß gekleidete Puppe mit Brautschleier, die ihr zuckersüß entgegenlächelte und deren lange blonde Locken wie ein Fächer um ihren Kopf herum ausgebreitet lagen. Auf ihrer Brust hatte jemand mit einer Sicherheitsnadel zwei Zettel befestigt: einen Flyer vom diesjährigen Wormser Backfischfest und eine Notiz.

Liebe Charlotte,
willkommen zurück. Wenn du das hier liest, dann
scheint die Kommissarin in dir wieder die Oberhand

zu haben. Und das ist gut so. Übrigens: In zwei Wochen geht das Backfischfest los und wir würden dort gerne mit dir auf deine Rückkehr ins Kommissariat anstoßen.

Das Team vom K2.

Charlotte las den Zettel einmal, zweimal. Dreimal. Das glaub ich jetzt nicht. Dann drehte sie sich um und sah Gellert, die beiden Kollegen Mergentheimer und Becker im Schlepptau.

„Paul?" Mehr brauchte Charlotte nicht zu sagen.

„Charlotte. Wir konnten uns das echt nicht mehr mit ansehen. Und bevor du fragst. Das war Mergentheimer, der dir die Sachen vor die Tür gelegt hat. Du weißt doch, er wohnt nur ein paar Häuserblocks von dir entfernt." Gellert versuchte cool zu bleiben und trotzdem eine Art Dackelblick aufzusetzen, um Charlotte von der guten Absicht der Sache zu überzeugen und grundsätzlich milde zu stimmen. Doch die schaute ihn nur weiter schweigend und ausdruckslos an.

„Einmal hat mich eine Ihrer Nachbarinnen fast in flagranti erwischt, Frau Hauptkommissarin", warf Mergentheimer von hinten eifrig ein. „Aber ich konnte mich gerade noch in den Keller retten."

„Ist ja schon gut. Wir wissen, dass an Ihnen ein Geheimagent verloren gegangen ist." Gellert wandte sich wieder Charlotte zu. „Die Kollegen und ich waren der Meinung, dass dein Arzt bei dir eine falsche Therapie anwendet. Und wir hatten definitiv keine Lust mehr, tatenlos dabei zuzuschauen, wie du dich immer weiter vergräbst. Keinen mehr an dich ran lässt. Meine Versuche, dich in unsere laufenden Ermittlungen einzubeziehen, hast du ja seit Wochen erfolgreich torpediert. Also blieb uns nur die Wahl, dich mit dem zu locken, was dich immer am meisten fesselt: Wir mussten dir ein Rätsel aufgeben, dass dich aus deiner Lethargie weckt, bevor du darin völlig versinkst. Mensch, Charlotte, wir mögen und respektieren dich alle viel zu sehr, als dass wir nicht auch bereit gewesen wären, zu ein wenig unlauteren Mitteln zu greifen. Und wir waren doch gar nicht so schlecht, oder?" Gellert lächelte sie spitzbübisch und gleichzeitig um Verständnis bittend an. Charlotte erwiderte seinen Blick ohne auch nur eine Miene zu verziehen. Dann holte sie mit ihrer rechten Hand weit aus und verpasste ihm eine so schallende Ohrfeige, dass sich die beiden im Hintergrund stehenden Kollegen unwillkürlich selbst an die vermeintlich getroffene Wange griffen.

Gellert schaute sie verdutzt an, zu überrascht und auch zu schuldbewusst, um etwas sagen zu können. Doch dann lächelte Charlotte.

„Danke, Paul. Und natürlich komme ich mit auf's Backfischfest."

Ullis Zander im Bierteig

Für 4 Personen
500 g Zanderfilet
Saft einer halben Zitrone
(Meer-)Salz
Für den Bierteig:
125 ml helles Bier (Pils, Kellerbier o.ä.)
2 Eier (M)
1 Prise Salz
125 g Weizenmehl
Frittierfett oder Öl

Die Zanderfilets unter fließend-kaltem Wasser waschen, vorsichtig trocken tupfen. Dann den Fisch nach Gusto portionieren, mit Zitronensaft säuern und salzen.
Bier, Eier und Salz in eine Schüssel geben und das gesiebte Mehl vorsichtig unterrühren sodass ein dickflüssiger Teig entsteht.
Frittierfett oder Öl auf ca. 170° C erhitzen.
Mit einer Gabel die Fischfilets durch den Teig ziehen und etwa 5 Minuten im heißen Fett goldbraun ausbacken.
Am besten heiß mit Kartoffel(-Gurken-)Salat und Remouladensauce servieren.

(Quelle: Ullis Varation nach einem Originalrezept von Tim Mälzer)

EINMAL ZU VIEL GEMECKERT
Ines Heckmann

„Rettungswacht? Tag. Schmitz mein Name. Ich glaub, mein Mann ist tot oder schwer verletzt. Schicken Sie nen Wagen zu uns, gell. Hä? Fleerschem-Dalsem. Wie? Ach so: Flörsheim-Dalsheim, in die Uhlandstraße, beim Sportplatz. Ja, Schmitz. Alla."

Während sie den altmodischen Telefonhörer auf die Gabel legte, strich Karin Schmitz die strähnigen Haare aus der Stirn. Ihre Hand zitterte leicht. Tief holte sie Atem und setzte sich einen Moment lang auf die schäbige Decke, die als Schutz über dem Sofa lag.

Bald vernahm sie das Heulen des Martinshorns, erhob sich und wartete an der Haustür. Der Krankenwagen jaulte die Straße herunter, schleuderte blaue Lichtblitze gegen die schwarzen Schatten. Er bäumte sich nach vorn, als wolle ihn sein Heck überholen, ehe er mit einem entschiedenen Ruck zum Stehen kam. Dahinter parkte eine grünweiße Polizeilimousine.

„Kommen Sie!", rief Frau Schmitz gegen den Wind. „Dort hinten!" Vage deutete sie in die Dunkelheit und marschierte vor den beiden Rettungssanitätern in einen plötzlich vorhandenen Lichtkreis. Einige Meter neben dem Haus stand ein hölzerner Verschlag für den Familienkombi, daneben eine grob gezimmerte Hütte. Frau Schmitz steuerte darauf zu, drückte die Klinke herunter und gab den Weg frei. Die Rettungssanitäter sahen sofort, dass jede Hilfe zu spät kam. Karl Schmitz war tot. Erschlagen. Er lag auf dem Bauch, den Kopf zur Seite und starrte mit leeren Augen ins Nichts. Sein Kopf lag in einer dunklen Blutlache, die Nase bestand nur noch aus blutigem Brei. Vielsagend blickten sich die Sanitäter an, dann gaben sie den Weg für die beiden Polizisten frei, die ihnen gefolgt waren. „Euer Fall, Jungs! Wir verziehen uns.“

Fröstelnd zog Karin Schmitz ihre Strickjacke fester um die Schultern und sah zu, wie der Tatort gesichert wurde. Per Funk wurde der Fall kurz geschildert und kaum zehn Minuten später trafen zwei weitere Beamte ein.

„Hauptwachtmeister Erlinger“, stellte sich der Polizist vor, während er Karin Schmitz einen Ausweis mit Dienstmarke unter die Nase hielt. „Das ist meine Kollegin, Andrea Hellwig. Dürfen wir eintreten? Brauchen Sie einen Arzt? Können Sie reden?“

„Schon gut, ich bin nur ein bisschen verwirrt.“ Karin stapfte ins Wohnzimmer voraus, drapierte im Vorübergehen das Spitzendeckchen auf dem kleinen Tisch und plumpste schließlich aufs Sofa. Ihre Augen waren rot geweint, sie sah sehr mitgenommen aus. Nervös knetete sie ein schmuddeliges Taschentuch. „Ja, also, das war so: Der Karl ist heute Nachmittag heim gekommen. Dann ist er ins Ställchen, noch was schaffen. Ich bin hinterher, weil ich wissen wollte, wie viel ‚Quer dorsch de Gaade‘ ich machen sollte. Weil dann muss ich ja vielleicht noch einkaufen. Ooch!“ Erschrocken schlug Karin Schmitz die Hände vor den Mund und flüsterte: „Ich hab die Suppe vergessen!“ Dann hastete sie in die Küche, klapperte mit Töpfen und eilte schließlich wieder in die Wohnstube. „Wissen Sie was, Frau Hellwig, Herr Kommissar? Es ist eine Schande, die schöne Suppe umkommen zu lassen. Ist es verboten, während dem Dienst zu essen?“

Die Beamten wechselten einen schnellen Blick, dann antwortete Erlinger: „Natürlich nicht. Außerdem ist es spät, und pünktlich Feierabend ist heute wohl sowieso nicht.“

Karin Schmitz eilte voraus, deckte rasch den Tisch und

bedeutete den ihr folgenden Beamten, sich zu setzen. An der Haustür klingelte es. Ein Polizeibeamter trat näher, sprach leise mit Erlinger, nickte und verschwand wieder.

„Das riecht toll", lobte die Kommissarin und konnte nicht vermeiden, dass ihr Magen peinlich laut knurrte.

Karin Schmitz klapperte noch ein bisschen mit den Töpfen, dann stellte sie einen gusseisernen Topf auf den Tisch. Feine Duftschwaden durchzogen die kleine Küche und doch roch auch etwas verbrannt. Frau Schmitz griff nach einem Kuchenblech, schnitt einige Stücke heraus und stellte sie neben den Topf. „Mein Karl war ein guter Esser. Aber ich glaube, das reicht für uns alle."

„Was ist das denn?", erkundigte sich die Polizistin und ließ sich von Karin Schmitz eine große Kelle Suppe in den Teller schaufeln. Auf einem kleinen Teller erhielt sie ein Stück Pflaumenkuchen.

„Das ist ‚Quer dorsch de Gaade mit Quetschekuche'. Kennen Sie das nicht?"

„Quer was?", wollte Erlinger wissen.

„Quer dorsch de Gaade! Quer durch den Garten", sagte Karin Schmitz. „Und das kennen Sie bestimmt", meinte sie und deutete auf den Kuchen.

„Ja, ja", schmunzelte Erlinger. „Der Nachtisch."

„Von wegen. Das isst man dazu. Zur Suppe. Alla, en Guude!" Einen Moment lang besann sich Karin Schmitz, dann fuhr sie leise fort: „Der Karl hat immer gesagt, unser Gemüse ist das Beste. Das hat er alles selbst gesetzt." Einen Moment lang schwieg sie und blickte teilnahmslos auf ihren leeren Teller. Plötzlich ruckte ihr Kopf hoch und sie fuhr fort: „Der Karl war mit Herz und Seele im Garten. Es war ein guter Mann." Sie schwieg. Verdächtig zitterte ihr Kinn, als sie das schmutzige Taschentuch gegen ihre Augen drückte. Eine Träne löste sich. Geräuschvoll zog sie die Nase hoch, dann berichtete sie leise weiter: „Alla, der Karl wollte eine normale Portion. Dafür hatte ich alles im Haus. Ich hab die Kartoffeln gschält, Gemüse geschnitten und so weiter. Ich hab den Topf aufgesetzt und bin dann wieder raus. Dass sich der Karl noch waschen kann, ruf ich immer so eine Viertelstunde, ehe alles durch ist."

„Hört er das denn?", erkundigte sich Erlinger, während er den Löffel ableckte.

„Ja. Ich geh immer bis zu ihm ins Ställchen. Da hab ich ihn dann gefunden. Ich hab mich gar nicht recht getraut, näher zu gehen. Das war doch recht, Herr Kommissar? Ich denk gleich, so, wie der da liegt, ist er tot. Herr Gott, da ist man keine zehn Meter weg und kriegt nix mit. Wer macht denn so was?"

Karin Schmitz schluchzte kurz auf und drückte dann das zerknüllte Taschentuch gegen ihre verquollenen Augen.

„Hatte Ihr Mann Feinde?", erkundigte sich die Beamtin und legte noch eine halbe Kelle Gemüsesuppe nach.

„Nein, er war doch die meiste Zeit im Garten. Und wir leben so abgeschieden, dass er sich gar keine Feinde machen kann. Nein, ich hab keine Ahnung!"

Leise rülpste Erlinger hinter vorgehaltener Hand. „War Ihr Mann heute allein im Garten?"

„Ei, der hat Urlaub", erklärte die Witwe und nickte. „Da werkelt er den ganzen Tag draußen rum."

„Verbringen Sie Ihren Urlaub denn nicht zusammen?", warf Andrea Hellwig ein.

„Och, wissen Sie, der Karl liebt den Garten und ich die Häkeldeckchen. Da kommen wir nicht zusammen. Ja, ja. Mit was hat man ihn denn erschlagen?", fragte Karin Schmitz und blinzelte eine Träne weg.

„Tja, die Mordwaffe haben wir leider noch nicht gefunden. Wenn wir die hätten, würde uns das ein ganzes Stück weiter zum Motiv bringen. Es handelt sich wohl um ein stumpfes Objekt. Wir vermuten, dass wir es mit zwei Tätern zu tun haben. Man hat ihm mit einem gewaltigen Schlag das Nasenbein zertrümmert. Vermutlich hätte das allein für seinen Tod gereicht, wenn Knochensplitter in das Hirn gedrungen sind. Und dann der Schlag auf den Hinterkopf. Sicherlich nicht tödlich, aber im Zusammenspiel mit dem Nasenbeinbruch ... Sorry, Frau Schmitz, ich sollte nicht so ins Detail gehen."

Peinlich berührt schwieg Erlinger, als er die Tränen der hinterbliebenen Ehefrau sah. Doch sie nickte nur und starrte auf den grauen Teppich. Erlinger räusperte sich und fragte weiter: „Kennen Sie jemanden, der etwa einen Kopf größer ist als Ihr Mann?"

Erstaunt hob Karin den Blick. „Größer als mein Karl? Wieso?"

„Der Schlag auf den Hinterkopf wurde von schräg oben geführt. Vermutlich also von jemandem, der ein ganzes Stück größer als Herr Schmitz ist."

„Du liebe Zeit! Der Karl ist ja schon 1,84. Das muss ja ein Riese sein! Nein, so jemanden kenne ich nicht. Von seinen Kumpels sind zwei oder drei so groß wie er, aber einen Kopf größer? Nein, da fällt mir keiner ein."

Erlinger nickte und schob Karin eine Visitenkarte über den Tisch. „Wenn Ihnen doch noch was einfallen sollte, rufen Sie bitte an. Gab es denn Wertgegenstände in der Hütte?"

Zaghaft schüttelte Karin Schmitz den Kopf. „Das weiß ich nicht. Halt alles, was man so im Garten braucht: Spaten, Hacke, Schaufel. Ich weiß nicht, ob so was wertvoll ist."

Erlinger nickte. Statt einer Antwort erkundigte er sich:

„Und Sie haben wirklich nichts gehört und nichts gesehen, Frau Schmitz?"

Erneut schüttelte sie den Kopf. „Wenn ich koche, dann zischt und brodelt es. Da hört man nichts. Dann ist mir auch noch der Sellerie auf die heiße Platte gefallen!"

Interessiert nickte die Kommissarin. „Ah ja, das habe ich vorhin gerochen."

„Ja. Das dauert immer ein bisschen, bis es nicht mehr riecht."

Erlinger wischte sich den Mund an der Serviette ab und erhob sich. „Frau Hellwig, können wir jetzt ..."

Ehe diese antworten konnte, packte er sie sanft, aber bestimmt am Ellbogen. „Dann wollen wir Sie mal nicht länger stören, Frau Schmitz. Möglicherweise haben wir noch ein paar Fragen, die wir dann morgen besprechen. Bis dahin wissen wir wohl noch mehr durch die Autopsie. Jetzt versuchen Sie erst mal, zur Ruhe zu kommen."

Die Beamten verabschiedeten sich und Karin Schmitz schenkte sich ein kleines Glas Cognac ein, bevor sie sich aufs Sofa fallen ließ. Es war schon spät, doch sie war hellwach. Sie löschte das Licht und betrachtete die Sterne durch die Gardine. Ihr Leben würde sich ab jetzt ziemlich verändern. Sie goß einen weiteren Cognac nach und betrachtete, wie die Sonne allmählich ein dunkelrotes Band über den Horizont legte. Dann lehnte sie sich gegen das Fenster und blickte zufrieden hinaus. Hier fühlte sie sich wohl. Sie liebte den Blick über den Garten mit den akkuraten Beeten und dem kurz geschnittenen Rasen. nd während die Sonne aufging, durchlebte Karin den gestrigen Tag nochmals.

Sie sah Karl, der mal wieder übellaunig aus dem Kombi kletterte.

„Tag, Karl", sagte sie.

„Geh mir aus dem Weg", murmelte er und schob sie grob zur Seite. „Mach was zu essen, dann bist du wenigstens zu etwas nütze."

„Was willst du denn?", beeilte sich Karin zu fragen und knetete nervös die Hände.

Genervt drehte sich Karl um und sah ihr einen Moment ins Gesicht. „Bist du so dämlich oder tust du nur so? Ich liebe meinen Garten, ich krabbel den ganzen Tag drin rum und ich will was aus dem Garten. Kapiert? Jetz geh fort!"

„Jaja, das weiß ich ja. Aber was willst du denn aus dem Garten?"

„Oh Gott, was mach ich mit so einem blöden Weib? Das ist mir egal!", brüllte er, während er zur Hütte stapfte.

Seine Frau hastete hinterher.

„Och, Karl, als ich neulich Karotten gemacht habe, wolltest du Rosenkohl. Jetzt sag doch was", flehte sie den Tränen nah.

„Glotz nich wie ein Schaf, Weib. Mach ‚Quer dorsch de Gaade' und halt endlich den Mund!"

Karin eilte zurück ins Haus, sauste in den Keller, öffnete die Vorratstruhe und sammelte eilig Kartoffeln in ein kleines Eimerchen. Einen Moment lang starrte sie unentschlossen darauf, dann trug sie das Eimerchen in die Küche. Sie griff nach einem Topf, der ihr plötzlich zu klein erschien. Sie griff den nächsten Topf, der wiederum erschien ihr zu groß. Ihre Hände begannen leicht zu zittern. Dann packte sie beide Töpfe und stapfte damit ins Gartenhaus. Sie holte tief Luft, ehe sie die Tür öffnete. „Wie viel willst du den essen?", fragte sie mit leiser Stimme und hielt beide Töpfe hoch.

„Du bist wirklich noch bescheuerter, als ich vemutet habe. Ich hab den ganzen Tag im Garten geschafft. Ich war jetzt nur kurz im Bauhaus, nicht zur Wellness. Also hab ich auch Hunger. Dämmert's?"

Karin ließ den kleinen Topf sinken und wartete auf die Bestätigung ihres Mannes.

„Wie alt bist du jetzt? 46? Also kennst du mich seit 22 Jahren und kriegst immer noch nichts auf die Reihe."

Missbilligend schüttelte er den Kopf und zog sich ein kleines Holzstühlchen heran. „Weißt du, was ich machen sollte?" Gespannt wartete er auf eine Reaktion. Doch Karin wiederum wartete, endlich entlassen zu werden, ehe ihre Hand mit dem hochgehaltenen gusseisernen Topf völlig erlahmte. „Ich sollte dich zu einem Ausflug mitnehmen. Auf einen Turm. Von dort oben bräuchte ich dir nur einen kleinen Schubs zu geben. Meinst du, du kannst fliegen wie ein Vogel?"

Karl schüttelte sich vor Lachen, dann drehte er sich auf dem Stühlchen um, während er ein Messerchen in die Hand nahm und an einem Schleifstein rieb. „Hau ab", knurrte er.

Einen winzigen Moment zögerte Karin, doch dann stellte sie den kleinen Topf auf den Boden, packte den großen, schweren mit beiden Händen, kniff die Augen zusammen, holte wie ein Baseballspieler aus und hieb Karl den Gusstopf über den Schädel. Augenblicklich entglitt Karl das kleine Messer. Er rutschte vom Stuhl und schlug mit dem Gesicht auf. Irgendetwas knirschte hässlich. Dann grunzte er, drehte das Gesicht zur Seite und streckte in einer letzten Zuckung ein Bein aus. Ungläubig starrten seine toten Augen ins Leere.

Zufrieden grinste Karin. „Da hast du dein blödes Gemüse! So was machst du nie wieder mit mir!"

Dann rückte sie den Stuhl wieder an seinen Platz, hängte das Messer ordentlich an einen Haken, packte beide Töpfe und eilte ins Haus. Sie stellte den kleinen Topf in den Schrank, den großen ins Spülbecken. Nachdenklich betrachtete sie den Topf. Er war völlig unversehrt. Keine Beule, keine Delle. Ein winziger Blutfleck klebte am Boden und einige graue, krause Haare ihres soeben verstorbenen Mannes hatten sich in einem winzigen Riss im Topfboden verfangen. Sorgfältig wusch sie den Topf und in diesem Moment reifte ein Gedanke in ihr.

Sie war frei. Das wollte sie mit einem Festmahl besiegeln. Und sie tat, als sei Karl noch am Leben. Bereitete alles vor, schälte Kartoffeln, schnitt das Suppenfleisch, putzte den Lauch, schnitt Sellerie in kleine Stücke und würfelte eine Zwiebel. Tief atmete sie durch die Nase ein, sodass ihr die Tränen die Wangen hinabstürzten. Ein größeres Zwiebelstück legte sie zur Seite und band es in ihr schmuddeliges Stofftaschentuch. Damit tupfte sie nicht vorhandene Tränen ab. Doch durch den Zwiebelgeruch begannen ihre Augen erneut zu tränen. Karin lächelte und nickte zufrieden.

Kurz bevor das Essen fertig war, warf sie ihre Strickjacke über und eilte zum Gartenhäuschen. Sie öffnete die Tür. Da lag Karl noch immer so, wie sie ihn verlassen hatte. Karin schlug eine Hand vor den Mund, nicht um das Entsetzen, sondern ein lautes Auflachen zu unterdrücken.

Wie oft hatte sie gehofft, Karl würde sich im Nebel verirren und nie mehr nach Hause finden. Oder einmal angefahren werden und verbluten. Oder heldenhaft den Rhein mit starker Strömung durchschwimmen und für immer zum Meer davongetragen werden.

Selig glucksend hatte Karin den toten Karl betrachtet. Mit dieser Variante war sie auch voll und ganz zufrieden. Dann war sie ins Haus gehuscht, hatte den Telefonhörer ergriffen und gewählt. „Rettungswacht?"

Quer durch den Garten-Gemüsesuppe
(Quer dorsch de Gaade-Supp)

Für 4 Personen:
  1 Bund Suppengrün
  500 g Suppenfleisch
  500 g Suppenknochen
  500 g Kartoffeln
  1 kg frisches Gemüse (je nach Saison: Blumenkohl, Wirsing,
  Kohlrabi, Karotten, Broccoli, Rosenkohl, Bohnen etc., aber
  immer mehrere verschiedene Gemüse)
  Salz
  Pfeffer
  Muskat

Suppengrün grob schneiden, zusammen mit dem Fleisch und
den Knochen in 2 l kaltem, leicht gesalzenem Wasser 2 Stunden kochen. Anschließend das Fleisch herausnehmen und in
mundgerechte Stücke schneiden. Suppengrün und Knochen
abgießen und die Brühe auffangen.
Kartoffeln schälen und würfeln und mit ¼ - ½ l der aufge-
fangenen Brühe kochen. Das Gemüse wird je nach Sorte so
zu den Kartoffeln gegeben, dass Gemüse und Kartoffeln zu-
gleich gar sind (die Kochzeit von Broccoli ist z.B. beträchtlich
kürzer als die von Karotten). Kurz vor Ende der Garzeit das
kleingeschnittene Fleisch hinzugeben und mit Salz und Pfeffer
und einer Prise Muskat abschmecken.
Variante: Eine zerquetschte Zehe Knoblauch verleiht der Suppe ein kräftigeres Aroma.
Zu der Suppe isst man frischen Quetschekuche (Rezept siehe
nächste Seite), am besten noch lauwarm

(Quelle: Bernhard Heckmann, Worms)

Zwetschgenkuchen
(Quetschekuche)

500 g Mehl
1 Würfel frische Hefe
ca. 125 ml lauwarme Milch
3 gehäufte EL Zucker
50 g Butter
1 Ei
2-3 kg Zwetschgen
evtl. Zucker

Das Mehl in eine Rührschüssel sieben, in die Mitte eine Mulde drücken und den Zucker auf den Rand streuen. Die Hefe in die Mulde bröseln und mit etwas lauwarmer Milch zu einem Vorteig anrühren. Zugedeckt ca. 20 Minuten an einem warmen Platz stehen lassen, bis sich der Vorteig deutlich vergrößert hat. Danach die restliche lauwarme Milch, die weiche Butter und das Ei zugeben.
Mit dem elektrischen Handmixer mit den Knethaken zu einem glatten Teig verarbeiten, bis er sich vom Schüsselrand löst.
Die Teigschüssel wieder mit einem Tuch abdecken und solange an einem warmen Platz stehen lassen, bis sich das Teigvolumen verdoppelt hat (das kann auf der Heizung sein oder man stellt die Schüssel auf ein gut warmes Körnerkissen).
In der Zwischenzeit die Zwetschgen waschen, abtrocknen und halbieren, den Stein auslösen.
Sobald der Hefeteig das gewünschte Volumen hat, nochmals kräftig durchkneten und auf einer bemehlten Arbeitsfläche mit dem Nudelholz in Blechgröße ausrollen.
Das Backblech leicht einfetten und den Teig daraufgeben. Die Zwetschgen eng aneinander dachziegelartig auf den Teig legen.
Backofen auf 200°C vorheizen, den Kuchen auf der zweiten Schiene von unten und 35 Minuten backen.

(Quelle: Eva Heckmann, Worms)

ZUM SCHLUSS ETWAS SÜSSES?

TOD AUF DEM FRONBERG
Andrea Tillmanns

Bis zur Ankunft auf dem Fronberg war alles genauso gewesen wie jedes Jahr. Der Ortsvorsteher hatte die Dreizackwecken an die wartenden Kinder verteilt, die diese mit glühenden Wangen auf ihre bunt geschmückten Stabausstecken gespießt hatten. Unter lauten „Ri-ra-ro"-Gesängen waren sie durch Horchheim zum Fronberg gezogen, wo gut sichtbar der Scheiterhaufen auf sie wartete, auf dem der Winter symbolisch verbrannt werden sollte. Dann, als die Blaskapelle an der Spitze des Zuges näher an den Festplatz kam, mischten sich erste falsche Töne und schließlich Entsetzensschreie in das fröhliche „Ri-ra-ro", und binnen Augenblicken ahnten alle, dass etwas nicht stimmte. Vor dem hoch aufgerichteten Schneemann, der den Winter verkörperte, lag auf dem Reisighaufen eine Frau mit weit aufgerissenen Augen, die blicklos in den wolkenverhangenen Himmel starrten.

Wachtmeister Fuhrmann hatte sich auf einen ruhigen Tag im Kreis seiner Familie, der Nachbarn und Freunde gefreut, zumal er schlecht geschlafen hatte und immer wieder von Alpträumen geweckt worden war. Nun zückte er stattdessen sein Handy und rief das Kriminalkommissariat 1 in Worms an. Es mochte sich um einen bizarren Unfall handeln, doch der dunkelrot verkrustete Fleck auf dem Vorderteil des blauen Jacketts der Toten rings um einen Schnitt in dem teuren Gewebe sprach seiner Meinung nach eindeutig für Mord. Und dafür war er nicht zuständig.

Trotzdem musste er sich nun erst einmal darum kümmern, dass die Musikkapelle und vor allem die ganzen Kinder nicht den Schauplatz des Verbrechens durcheinander brachten. Er ließ seine Söhne Jan und Max bei ihrer Mutter und bahnte sich den Weg zu dem Scheiterhaufen. „So, Leute, macht mal Platz!", rief er dann und breitetet die Arme aus, als wolle er die Menschen von der Leiche fort drücken. Die meisten erkannten ihn auch ohne Uniform und traten brav einige Schritte zurück.

„Gleich kommt die Mordkommission aus Worms", fügte er erklärend hinzu. Dass er nicht zuständig war, erwähnte er nicht. Nicht vor Jan und Max, die seinen Beruf für den wichtigsten der Welt hielten. „Und die Spurensicherung", ergänzte er stattdessen. Fuhrmann bemerkte, wie seine tiefe Stimme auch die Menschen am Ende der Prozession verstummen und lauschen ließ. „Bis dahin haltet etwas Abstand und versucht, keine Spuren zu verwischen …" Er verstummte, als ihm bewusst wurde, dass zumindest entlang des Prozessionsweges sicherlich keine einzige Spur mehr zu finden war.

„Kann ich meinen Weck schon essen?", hörte er ein Kind aus der Menge fragen.

Fuhrmann nickte kurz entschlossen. Normalerweise waren die Wecken die Belohnung für die Kinder, dass sie zum Gebet auf den Fronberg zogen, aber heute würde das Gebet wohl ausfallen. „Esst ruhig schon", sagte er laut.

„Dann können wir doch auch wieder zurückgehen", hörte er eine dunkle Männerstimme.

Fuhrmann überlegte rasch. Und wenn einer etwas gesehen hatte? Musste er die Menschen nicht hier festhalten? Konnte er das überhaupt entscheiden?

„Die Kommissare haben sicher noch einige Fragen an euch", antwortete er. „Wir sollten besser noch auf sie warten."

Ein aufgebrachtes Murmeln antwortete ihm. „Wir stehen

doch nicht ganz umsonst hier rum!", hörte er eine Stimme rufen und „Zeitverschwendung!" eine andere.

„Sonst wärt ihr doch auch noch eine Weile hiergeblieben!", rief Fuhrmann.

„Dann hätten wir aber etwas Sinnvolles getan und am Feuer für Elsbeths Seele gebetet!", antwortete eine Frauenstimme. Der Wachtmeister erkannte die alte Frau Nickel, die zwei Straßen weiter wohnte.

„Genau – fangen Sie doch schon mal an mit dem Ermitteln, dann stehen wir uns hier nicht ganz umsonst die Beine in den Bauch!", ergänzte jemand.

Fuhrmann seufzte leise. Wenn er jetzt antwortete, dass er dazu nicht befugt sei, würde er vor seinen Söhnen das Gesicht verlieren. Auch wenn er sie im Moment nicht sehen konnte, war er sich ganz sicher, dass sie ihn aufmerksam und voller Stolz beobachteten. Er hatte gar keine Wahl.

„Wer von euch kennt denn die Tote?", fragte er. „Weiß jemand, wie sie heißt?"

„Wie sieht sie denn aus?", fragte eine Männerstimme aus dem hinteren Teil der Menge.

Fuhrmann nickte. Das stimmte natürlich – bislang hatten nur die Musikanten, die vorweg gegangen waren, einen näheren Blick auf die Frau werfen können. Er ließ seinen Blick wandern, bis er seine Frau sah. „Inge, hast du deine Kamera nicht dabei?", rief er. Einen Moment lang schien sie zu zögern, dann reichte sie den kleinen Fotoapparat nach vorne weiter.

Fuhrmann schaltete das Gerät ein, ging ein paar Schritte näher an die Tote heran und zoomte dann auf ihr Gesicht mit den erstaunt aufgerissenen Augen, ehe er abdrückte. „Das ist nur für die Erwachsenen bestimmt!", rief er warnend, ehe er die Kamera einer Frau in der ersten Reihe reichte. Einen

Moment lang hatte er geglaubt, das Gesicht der Frau zu erkennen, doch dann schüttelte er den Kopf. Sicher sah sie nur jemandem ähnlich.

Er blickte in die ersten ratlosen Gesichter, als die Menschen sich das Gesicht auf dem kleinen Display ansahen.

„Ist die denn auch eine Kindsmörderin?", fragte eine ältere Frau, die er flüchtig kannte.

„Weshalb Kindsmörderin?", erkundigte sich Fuhrmann verdutzt.

„Wegen der Fronberg-Sage natürlich", warf eine andere Frau ein und schüttelte dabei den Kopf, als wundere sie sich über diese Frage.

Jetzt verstand der Wachtmeister. „Leute, die Fronberg-Sage stammt aus dem Mittelalter, das muss nichts mit den heutigen Geschehnissen zu tun haben", widersprach er. Und dennoch hatte er ein merkwürdiges Gefühl. War es wirklich ein Zufall, dass die Tote ausgerechnet hier lag, wo der Sage nach im Mittelalter eine Frau ihr Kind umgebracht hatte und wo sie deshalb auch hingerichtet worden war? Immerhin war heute Lätare, der vierte Fastensonntag, an dem die Kinder für die Kindsmörderin Elsbeth vom Fronhof beteten und als Dank dafür den Dreizackweck bekamen.

Fuhrmann hatte eher an die Streitigkeiten um die Frage, welche Bäckerei den Dreizackweck in diesem Jahr backen durfte, gedacht — aber natürlich legten Tag und Ort des Mordes auch eine familiäre Tragödie nahe. Oder hatten etwa militante Abtreibungsgegner ihre Hände im Spiel?

„Ach, das ist doch das Ännchen!", rief eine raue Stimme. Eine ältere Frau, die er nicht kannte. „Schau mal." Sie zeigte die Kamera dem kahlköpfigen Mann neben ihr, der sich schwer auf seinen Stock stützte. „Das ist doch das Ännchen, oder? Nur viel älter natürlich …"

„Wie heißt das Ännchen denn mit Nachnamen?", rief Fuhrmann. „Und wann habt ihr sie das letzte Mal gesehen?"

„So vor 35, vierzig Jahren?", antwortete die Frau und sah ihren Mann fragend an. „Da war sie noch eine richtige Schönheit, die ganzen jungen Burschen sind ihr nachgelaufen … und dann war sie von einem Tag auf den anderen verschwunden."

„Wie alt war sie da?", hakte Fuhrmann nach.

„Noch keine zwanzig", krächzte der alte Mann. „Hat nebenan auf dem Hof gearbeitet. War aber immer was Besseres." Er schnaubte und räusperte sich vernehmlich. „Hat mit den Jungs aus dem Dorf nur gespielt, sich aber dann mit einem Städter aus dem Staub gemacht."

„Ännchen Berger", warf eine andere alte Dame ein. „Nicht so zerren, Jannes!", wies sie ihren Enkel zurecht, der ungeduldig an ihrer Hand zappelte, und sah dann wieder den Wachtmeister an. „So hieß sie. Und das mit dem Städter war nur ein Gerücht."

Fuhrmann notierte den Namen. Das hatte sich vor seiner Zeit abgespielt – da war er noch ein Kind gewesen. Gut, dass er die Leute nicht hatte gehen lassen.

„Hah, die kenn' ich!", rief plötzlich ein junges Mädchen. „Die ist bei uns im Goldenen Weinstock abgestiegen! Die heißt aber nicht Berger."

Auch ohne Fuhrmanns Anweisungen wurde die Kamera rasch an den alten Karl weitergegeben, der im Goldenen Weinstock am Empfang stand, solange der Wachtmeister denken konnte. „Ja, die wohnte seit gestern bei uns", bestätigte er sofort. „Heißt jetzt Anna Luisa von Stein."

Ein leises Raunen ging durch die Menge. „Ich sag doch, das Ännchen hat immer nach was Besserem gesucht!", rief die alte Frau von eben.

„Und gab es damals Gerüchte über …", begann Fuhrmann, scheute sich dann aber, das Wort Abtreibung vor den
Kindern in den Mund zu nehmen. „Über ein Kind?", fragte
er stattdessen und beobachtete die Reaktion der Menschen.

„Na ja, was man halt so spricht", antwortete eine Frau etwa
im Alter der Toten. „Wir kannten uns damals flüchtig und
ich habe schon manchmal gedacht, dass die Anna recht dick
wurde … aber dann war sie lange krank, hat ihr Elternhaus
nicht mehr verlassen, und als sie wieder herauskam, war sie
wieder rank und schlank. Und dann ist sie nach Frankfurt
gegangen. Dort wartete wohl jemand auf sie …"

Also vielleicht tatsächlich Abtreibungsgegner, die ein Ex-
empel statuieren wollten, dachte Fuhrmann. Das wäre zumindest die einfachste Lösung. Oder sie hatte das Kind bekommen und es zur Adoption freigegeben oder es war im
Heim aufgewachsen. Daraus mochte man damals noch ein
Geheimnis gemacht haben, zumindest hier in diesem kleinen
Vorort von Worms, und erst recht, wenn man reich heiraten
wollte. Heutzutage war das zum Glück unproblematischer.
Seine eigene Frau war bei Adoptiveltern aufgewachsen, und
als sie einige Jahre lang vergeblich versucht hatten, Kinder zu
bekommen, hatten sie ebenfalls über eine Adoption nachge-
dacht. Dann aber war Jan gekommen und zwei Jahre später
Max, und damit war das Thema für sie erledigt gewesen.

„Wenn sie das Kind ausgetragen hat", warf eine jüngere Frau
aufgeregt ein, „hat es sich vielleicht jetzt dafür gerächt, dass es
im Heim aufwachsen musste!" Sie klang, als lese sie zu viele
Krimis, dachte Fuhrmann. Dennoch musste er insgeheim zugeben, dass ihm dieser Gedanke auch gekommen war.

„Weshalb dann gerade hier und heute?", entgegnete er.

„Weil sie sich gerade erst wiedergefunden haben", antwortete die Frau triumphierend.

Fuhrmann nickte langsam. Da konnte etwas dran sein. Wenn es ein heimliches Kind gab, das jetzt etwa 35 bis vierzig Jahre alt war, dann mochte es sich auf die Suche nach seiner leiblichen Mutter gemacht haben. Manchmal, wenn er früher als üblich nach Hause kam und Inge dann rasch ihren Laptop zuklappte und aufsprang, um ihn zu begrüßen, hatte er das Gefühl, dass auch sie auf der Suche war. Es mochte dieses Alter sein, wenn man selbst Kinder hatte und spürte, dass man gerne mehr über seine eigenen Wurzeln wüsste – oder auch wie bei Inge nach dem Tod der Adoptiveltern zu beginnen – vielleicht war es dem Täter ebenso ergangen?

„Das würde zumindest erklären, weshalb Frau von Stein hergekommen ist", sagte er laut. Mit der nächsten Frage überstieg er seine Kompetenzen bei Weitem, doch das konnten seine Jungen nicht ahnen, und ihre Bewunderung wog einen späteren Tadel der Kommissare aus Worms wieder auf. „Kennt ihr denn jemanden hier in Horchheim, auf den die Beschreibung des möglichen Täters passen würde? Gibt es jemanden, der im Heim aufgewachsen ist oder adoptiert wurde, etwa Ende dreißig, von dem ihr wisst, dass er nach seinen leiblichen Eltern gesucht hat? Kennt ihr jemanden, der Anna von Stein ähnlich sieht, der heute Nacht nicht die ganze Zeit zu Hause war, sondern vielleicht zu einem ungewöhnlichen Zeitpunkt das Haus verlassen hat? Es muss niemand sein, dem ihr einen Mord zutrauen würdet; Menschen sind in Ausnahmesituationen zu allem fähig …"

Aufmerksam beobachtete er die Anwesenden. Die Kinder aßen die Reste ihrer Dreizackwecken und neckten sich gegenseitig, die Erwachsenen unterhielten sich leise mit ihren Nachbarn und schüttelten immer wieder den Kopf. Jemand reichte Fuhrmann die Kamera zurück. Er schaltete sie wieder ein und betrachtete das Bild der Toten auf dem kleinen

Display, das ihm wieder merkwürdig bekannt vorkam, obwohl er hätte schwören können, dass er die Frau noch nie gesehen hatte. Aus Versehen schaltete er auf das vorherige Bild, wo ihn seine Jungs anlachten. Das Foto war schon einige Monate alt – hatte Inge seither gar keine weiteren Bilder aufgenommen? Er blätterte weiter zurück. Da war er selbst, dann folgte ihr kleines Häuschen, das sie sich vor zwei Jahren endlich geleistet hatten, damit die Jungen im Garten spielen konnten. Wieder die Jungen, diesmal im letzten Urlaub an der Nordsee, lachend an einem sonnigen Tag am Meer. Dann ein Bild von seinem vorletzten Geburtstag, als sie noch vollzählig gewesen waren, mit seinen Eltern, Inges Adoptiveltern und natürlich den beiden Söhnen. Das waren keine zusammenhängend aufgenommenen Bilder, sondern eine Sammlung, wie man sie einem Bekannten zeigte, den man nach langer Zeit wiedertraf …

Und dann, mit einem Mal, fügte sich alles zusammen. Er kannte die Frau, auf die diese Beschreibung passte. Eigentlich war die Ähnlichkeit unübersehbar, wenn man genauer hinschaute. Und nun begriff er auch, weshalb er heute Nacht Alpträume gehabt hatte, Inge würde ihn verlassen, und erinnerte sich, wie froh er gewesen war, als sie sich im Morgengrauen an ihn geschmiegt hatte, wie um ihm diese unausgesprochene Sorge zu nehmen. Es war kein Traum gewesen, dass ihre Seite des Bettes leer gewesen war, und sie war auch nicht nur zur Toilette gegangen oder hatte sich in der Küche etwas zu trinken geholt.

Fuhrmann hatte das Gefühl, dass jeder auf dem Fronberg hören konnte, wie schwer seine Zunge sich plötzlich anfühlte, als er laut sagte: „Ich denke, ich weiß jetzt genug – ihr könnt wieder nach unten gehen. Vielleicht kommen die Kommissare später noch einmal bei euch vorbei." Er schluckte und zögerte einen Moment. „Inge, Liebes", sagte er dann und versuchte, ihren Blick zu erhaschen, „lass die Jungs doch schon mal mit ihren Freunden gehen und leiste mir noch etwas Gesellschaft, ja?"

Er sah das Schmunzeln auf einigen Gesichtern, ehe sich die Menschen umwandten und den Berg wieder huntergingen. Nur Inge lächelte nicht. Ernst sah sie ihn an, als sie sich aus der Menge löste und langsam auf ihn zu kam.

„Warum?", fragte er schließlich und nun klang seine Stimme so brüchig, wie er es schon zuvor erwartet hätte.

„Sie sagte, ich hätte ihr Leben zerstört, wenn sie mich behalten hätte." Inge klang sehr ruhig, doch sie blickte starr auf seine Brust. „Dabei hat sie meines zerstört."

„Und du nun unseres", antwortete er fast flüsternd. Aus der Ferne erklang ein Martinshorn. Er griff nach ihrer Hand. „Wo ist das Messer?", fragte er leise.

„Unten im Scheiterhaufen."

„Fingerabdrücke?"

„Vermutlich. Es war nicht geplant. Jans Taschenmesser, das ich ihm gestern abgenommen hatte, als er damit an einem Baum herumschnitzte." Sie sah ihn noch immer nicht an. „Ich wollte nur mit ihr reden, sie nach dem Grund fragen … aber als sie dann zu lachen begann über all das hier, was ich mir aufgebaut habe, obwohl sie mich im Stich gelassen hatte …"

Fuhrmann drückte ihre Hand fester. Es gab nichts mehr zu sagen. Schnaufend kamen die Kollegen von der Spurensicherung den Berg herauf, in ihrem Schlepptau zwei Kommissare in Zivil.

Inge löste ihre Hand aus seiner und ging aufrecht auf die Männer zu.

Dreizackweck

Der Dreizackweck ist ein Gebildbrot, das traditionell zum Horchheimer Stabausfest am vierten Fastensonntag gebacken wird. Seine ungewöhnliche Form — entsprechend einem dreizackigen Stern – symbolisiert die Dreifaltigkeit. Durch die Ähnlichkeit des Dreizackwecks mit dem Mercedes-Stren kam es 1953 zu einem Prozess mit Daimler-Benz — gewonnen hat der Dreizackweck bzw. die Gemeinde: Der Dreizackweck ist ein traditionelles Gebäck, das nachweislich schon 1754 gebacken wurde.

Das süße Brötchen wird zur Zeit in einem Rotationsverfahren von den drei in Worms-Horchheim ansässigen Bäckereien produziert, von denen keine ihr Rezept verrät. Wir geben deshalb hier das Rezept für ein süßes Gebildgebäck weiter und empfehlen, es in Form eines Dreizackwecks zu backen:

Zutaten:
 500 g Mehl
 30 g Hefe
 100 g Zucker
 125 g Butter
 2 Eier
 1 große Prise Salz
 1 Päckchen Vanillezucker
 1-2 EL Rum
 125 ml Milch
 1 Eigelb, verquirlt mit etwas Milch, zum Bestreichen

Mehl in eine Schüssel geben, eine Mulde hineindrücken, die Hefe hineinbröckeln. 1 TL Zucker hinzugeben und mit etwas lauwarmer Milch und Mehl zu einem flüssigen Vorteig anrühren. Mit einem Handtuch abdecken und an einem warmen Ort ca. 30 Minuten gehen lassen.

Die restlichen Zutaten nach und nach mit einem Rührgerät (Knethaken) einarbeiten. Gut durchkneten, auch gerne per Hand, bis der Teig anfängt Blasen zu bilden und sich vom Rand der Schüssel löst. Eine Kugel formen und nochmals zugedeckt ruhen lassen, bis sich die Teigmenge ungefähr verdoppelt hat.

Den Teig zu Dreizackwecken formen, auf das mit Backpapier ausgelegte Blech geben, nochmals etwas gehen lassen und mit dem mit Milch verquirlten Eigelb bestreichen, eventuell mit Hagelzucker bestreuen. Im vorgeheizten Backofen bei 180° C goldbraun backen.

DAS QUITTEN-PIFFCHE*
Antje Fries

Ich habe nie geglaubt, dass es intelligentes Leben außerhalb der Erde gibt. An Gott glaube ich ebenfalls nicht, obwohl ich ihn schon oft angerufen habe, er möge mir meine Last nehmen. Aber seit ich mit ansehen konnte, wie alle meine Probleme gelöst wurden, bin ich überzeugt: Wir sind nicht allein im Weltall!

Ich habe immer davon geträumt, Sie nicht auch? Dass Ihr Mann einfach so verschwindet, dass er sich in Luft auflöst, dass alle Ihre Sorgen schrumpfen? Ich hätte nie gedacht, dass so ein Wunsch Wirklichkeit werden könnte. Und dass ich mir dabei gar nicht einmal die Finger schmutzig machen müsste.

Wie das so ist mit den Ehemännern, nach einigen Jahren wird einem klar, dass er sich eben nicht erziehen lässt und dass man ihm die kleinen Macken nicht abgewöhnen kann, womit man vor der Hochzeit im Kreis der Freundinnen noch ganz locker angegeben hatte. Im Gegenteil: Sämtliche Marotten prägen sich mit den Jahren aus, verfestigen sich, nerven umso mehr. Aber dann sitzt man in der Regel da, hat den Job aufgegeben, zwei bis vier Kinder am Bein und ein längst nicht abbezahltes Eigenheim zu unterhalten. Da kann man dann nicht raus. Und wenn erst die Kinder aus dem Haus sind, dann zieht man höchstens in eines der Kinderzimmer, um seinem Schnarchkonzert oder gelegentlichen nächtlichen Übergriffen zu entfliehen. Aber scheiden lässt man sich dann nicht mehr. Dann lohnt es sich ja auch

* Piffche = rheinhessische Maßeinheit für 0,1 l Wein

schon nicht mehr. Dann hofft man nur noch darauf, dass die sechzig Prozent der Rente ausreichen mögen, sollte er, so Gott gnädig wäre, früher abtreten als man selbst.

Es fing damit an, dass ich einen fürchterlichen Albtraum hatte. Ich stand an einem späten Abend im Hochsommer am Küchenfenster und sah in den Garten hinaus. Plötzlich bemerkte ich, wie sich der eben noch samtig dunkelblau schimmernde Himmel verdunkelte, ja, rabenschwarz wurde. Aber nur über unserem Garten. Außerhalb davon war nach wie vor der immer noch sanft leuchtende Juli-Himmel zu erkennen. Etwas Riesiges, Schwebendes senkte sich über meinen Obstbäumen, meinem Gemüsegarten und meinem Rosenbeet hernieder. Plötzlich schien ein leuchtend grüner Lichtstrahl aus dem schwarzen Ding und setzte meinen Quittenbaum in einen grellen Kegel aus Türkis. Ich vergaß vor Überraschung oder Entsetzen, das weiß ich nicht mehr, wahrzunehmen, wie lange das Licht auf dem Baum verharrte. Es können Sekunden, mögen aber auch Minuten gewesen sein. Jedenfalls war ich nicht in der Lage, mich zu rühren. Ebenso plötzlich, wie die Erscheinung aufgetaucht war, verschwand sie auch wieder: Das grüne Licht erlosch und der schwarze Schatten über dem Garten erhob sich und glitt lautlos über die Nachbarhäuser hinweg, bis er irgendwann ganz außer Sicht geriet.

Schweißgebadet wachte ich auf. Mein Mann schnarchte neben mir und ich verfluchte wieder einmal die Tatsache, dass meine Wechseljahrsbeschwerden mich nicht nur tagsüber beschäftigten, sondern mir auch den Nachtschlaf raubten und mich die Bettwäsche regelmäßig nassschwitzen ließen. Dass nun aber auch noch Albträume dazukommen sollten, nein, vielen Dank!

In den nächsten Wochen stand ich abends oft am Küchenfenster und sah gedankenverloren in den Garten hinaus. Aber es war ja nur ein Traum gewesen, dieses faszinierende Leuchten über meinem Quittenbaum.

Was beileibe kein Traum war, war das Zusammenleben mit meinem Mann. Starrsinnig war er schon immer gewesen, aber in letzter Zeit glaubte ich zusätzlich Anzeichen von echtem Verfall bei ihm auszumachen. Möglicherweise hatte das mit seinem Alkoholkonsum zu tun. Wir Rheinhessen sind in dieser Beziehung ja durch die Bank ganz gut geeicht, aber mein holder Gatte hatte seit seiner Frühpensionierung einfach immer einen Schluck mehr als andere Leute in sich hinein gekippt und brauchte mittlerweile ein recht ordentliches Maß an Hochprozentigem, um seinen Pegel zu halten. Natürlich schnarchte er dann nachts umso lauter, natürlich hatte er des Morgens stets einen umso dickeren Schädel. Dickköpfig richtete er unsere Tage nach seinem Gusto aus und erwartete von mir, dass ich ihm klaglos assistierte, indem ich zur rechten Zeit das rechte Essen auftischte, außerdem seine Wäsche wusch, das Haus putzte, den Garten im Griff hatte und andere Kleinigkeiten bewältigte. Dabei war ich ja noch berufstätig. Mit halber Stelle zwar nur, aber wenn ich mittags aus dem Büro nach Hause kam, saß mein Mann meist zeitungslesend im Wohnzimmer, wo er neuerdings sogar zu rauchen pflegte, und gab mir bekannt, wo er seinen Nachmittag zu verbringen gedenke, was im Haus noch alles zu tun sei und welche Einkäufe ich unbedingt zu erledigen hätte.

Manchmal ertappte ich mich dabei, wie ich nicht nur abends am Küchenfenster den Gedanken hatte, dass das fliegende Ding aus meinem Traum meinen Angetrauten doch einfach hätte mitnehmen sollen.

Als der Bedarf an Alkoholischem dermaßen gestiegen war, dass er sogar im Gartenschuppen und auf dem Dachboden Depots angelegt hatte, damit ich mich nicht mehr über seine Sauferei in meiner Gegenwart beschweren konnte, kam mein Mann sogar auf die Idee, selbst Schnaps zu brennen. Zum ersten Mal seit Jahren blühte er regelrecht auf, als er sich schlau machte, wie man aus unseren Äpfeln einen guten Obstbrand hinbekäme. Eines Tages kam ich von der Arbeit nach Hause und er saß zusammengesunken wie ein Häuflein Elend am Küchentisch, eine Kippe schaukelte bedenklich auf seiner hängenden Unterlippe und er jammerte statt einer Begrüßung, dass alles vergebens gewesen sei: Wenn er legitim brennen oder brennen lassen wolle, koste das sogar mehr Geld als fertiger Schnaps aus dem Supermarkt. Ich konnte ihn nicht wirklich bedauern.

Einige Zeit später war ihm eines der Bücher aus meinem Küchenregal in die Hände gefallen: Liköre selbst gemacht, ein praktisches Werk aus einem landwirtschaftlichen Verlag, das er mit großer Aufmerksamkeit studierte. Aufgesetzte Liköre sind leicht herzustellen, aber auch dafür braucht man erst einmal Schnaps. Mein Mann hatte das verstanden, denn er kam tags darauf mit einer ganzen Kiste Doppelkorn aus dem Discounter zurück. Aber anstatt ihn gleich und pur zu trinken, hatte er sich doch eine gewisse Veredelung durch Obst aus meinem Garten vorgenommen.

Mein Quittengelee genießt einen legendären Ruf beim Herbstmarkt der Landfrauen, aber in diesem Jahr kam ich zu spät zur Ernte, weil sämtliche der dunkelgelben Früchte zerschnippelt, akribisch qualitätskontrolliert und sortiert in einem gläsernen Behältnis landeten, um gleich darauf mit

Kandiszucker bestreut und hochprozentigem Alkohol übergossen zu werden.

Er hatte mich nicht einmal gefragt, und er wusste doch um meinen Stolz auf die Ernte von genau diesem Bäumchen. Ich hätte ihn umbringen können!

Das aber erwies sich bald als unnötig: Als der Quittenlikör in Dutzenden von Flaschen fertig abgefüllt im Keller lagerte, hatte mein Mann also immer genug zu trinken im Haus. Eine Flasche täglich, und das vor seinem regelmäßigen Ausflug in eine der örtlichen Straußwirtschaften, das wurde sein festes Pensum.

Dass sich etwas an ihm verändert hatte, fiel mir erstmals um den ersten Advent herum auf. Er krempelte nun die Ärmel seiner Hemden auf, da sie urplötzlich zu lang zu sein schienen. Kurz darauf schlappte er aus seinen Schuhen heraus, weil sie sich wohl dermaßen geweitet hatten, dass er keinen Halt mehr in ihnen fand. Also gingen wir neue Schuhe kaufen, und im Laden zeigte sich dann das tatsächliche Ausmaß seines Problems: Mein Mann musste sich zwei Nummern kleiner als jahrzehntelang vorher umsehen! Als er dann endlich die neuen Treter an den Füßen trug, bemerkte ich, dass seine Hose nicht nur bis auf die Schuhe fiel, sondern an der Ferse bereits deutlich auf dem Boden schleifte. Ich musste ihn unbedingt zu einem Arzt schicken! Dass man mit den Jahren nach und nach krummer ging und die Wirbelsäule etwas in sich zusammensackte, war ja bekannt, aber in so kurzem Zeitraum so stark, das gab mir doch zu denken. Ich sprach meinen Mann auf dem Heimweg darauf an, aber er brummte nur, dass ich mich da raushalten solle, mit ihm sei alles in Ordnung. Natürlich hatte er einen Schrecken bekommen! Man selbst hat ja meist erst einmal nur eine vage Vermutung, aber wenn einen dann die Mitmenschen mit klaren Beobachtungen darauf ansprechen, wirkt die Erkenntnis doch jedesmal wie ein Schock. Ebenso natürlich war, dass mein Gatte sich zu Hause zuerst in den Keller begab, um eine neue Flasche des Quittenlikörs zu öffnen und gleich ein Piffche herunterzustürzen.

Unser Alltag verlief ruhig, auch wenn ich mir im Geheimen Sorgen um meinen Mann machte. So sehr er auch nerven mochte, aber das tatenlose Zusehen fiel mir schwer. Wenn er nur einmal gesagt hätte, was mit ihm los war, ob er schon einmal bei einem Arzt gewesen war oder ob er sich irgendwie helfen lassen wollte! Aber wie Männer so sind, er schwieg sich aus und gab sich weiter der Quitte hin.

Zu Weihnachten nahm mich meine Tochter beiseite und fragte mich flüsternd, was mit dem Vater los sei, er sei ja nur noch ein Schatten seiner selbst. Ich widersprach, denn Schatten können je nach Sonnenstand auch sehr groß sein, und in unserem Fall hatten wir es eindeutig mit stetigem Schrumpfen zu tun: In seinen Feiertagsanzug passte mein Mann nämlich absolut nicht mehr. Er hatte ihn wohl aus einer gewissen Ahnung heraus eine Woche vor dem Fest anprobiert und festgestellt, dass er unbedingt geändert werden müsse. Ich brachte den guten Nadelstreifenanzug also zum Schneider und ließ ihn kürzen und mit Abnähern versehen. Ich hatte das Gefühl, dass mein Mann mir kaum mehr bis zur Schulter reichte in diesen Tagen. Aber eigentlich kam er mir zum exakten Feststellen dieser Vermutung schon lange nicht mehr nah genug.

Am Weihnachtsabend war der Anzug schon wieder zu groß. Wie ein Konfirmand hing mein Gatte in seinem

Sakko, doch war es wahrlich nicht auf Zuwachs gekauft worden, sondern passte aus genau umgekehrten Gründen nicht. Hosenträger benötigte er obendrein, um nicht bei der Bescherung ohne Hosen dazustehen. Ich wusste meiner Tochter also auch nicht wirklich Beruhigendes zu berichten, außer, dass ihr Vater immer weniger wurde und mich das erstaunlich wenig berührte. Ich versuchte ihr zu erklären, wie anstrengend das Zusammenleben in den letzten Jahren geworden war und dass ein Weniger an Mann bestimmt auch ein Weniger an Ärger bedeuten würde, und dass ich damit mittlerweile bestens leben könne. Entsetzt sah sie mich an und fragte, warum ich denn nie etwas gesagt oder mich gar getrennt habe. Andererseits verstand sie kurz darauf auch meine Beweggründe, alles einfach abzuwarten. Schließlich hatte auch sie eine Phase gehabt, in der sie an jedem zweiten Tag durchs Haus gebrüllt hatte, sie werde ihren Erzeuger umbringen, weil er ihr den abendlichen Ausgang beschränken wollte, das Auto nicht auslieh oder die geplante Party missbilligte.

Weihnachtlich harmonisch verschworen und breit grinsend betraten wir nach unserem Gespräch wieder das Wohnzimmer und mussten uns bemühen, nicht allzu oft den Blick auf der merkwürdig verkleinerten Gestalt unseres Mannes und Vaters ruhen zu lassen.

Seine Kneipenbesuche begann mein Gatte deutlich zu reduzieren, nachdem ihm auf einem der Winzerhöfe der Spitzname „Piffche" angehängt worden war. Nicht, dass er sich nur mit einem so kleinen Schlückchen Wein begnügt hätte, nein, er wurde so genannt, weil auch seine Zechkumpanen bemerkt hatten, dass er geschrumpft war. Kein stattliches Viertel mehr, sondern nur noch weniger als die Hälfte davon, eines dieser kaum gefüllten Gläser, das man in Rhein-hessen nur noch trinkt, um einen halbwegs aufrechten Abschluss zu finden.

Manche Nachbarn reagierten ebenfalls erstaunlich auf die „Krankheit" meines Mannes: Das Getratsche kannte keine Grenzen. Aber da ich mir nichts vorzuwerfen hatte, hörte ich nicht hin. Er schon, und eines Tages überraschte er mich, als er mich bat, ihn nach Mainz in die Uniklinik zu fahren, wo er einen Termin bei einem Spezialisten für Wachstumsprobleme habe. Der Leidensdruck hatte also zugenommen! Mein Mann, der jetzt offiziell nicht einmal mehr ohne Sitzerhöhung als Beifahrer im Auto hätte sitzen dürfen, sprach nur das Nötigste mit mir und ließ mich einfach stehen, als wir in der Klinik den richtigen Flur erreicht hatten und er in die Sprechstunde des Professors gerufen wurde. Ich wartete draußen und war gespannt auf die Ergebnisse. Ich wusste zwar nicht, wie man die Krankheit nannte, die mein Mann da hatte, aber ich wusste sehr wohl, dass ich absolut nichts tun müsste, wenn sich ihr Verlauf nicht gravierend änderte. Aber den Auslöser für sein Problem, den hätte ich doch allzu gern gewusst!

Natürlich verriet er mir kein Sterbenswort über das Gespräch mit dem Arzt. Ich sah, dass man ihm Blut abgenommen hatte, aber mehr erfuhr ich nicht.

Zu Hause stürzte er sich sofort wieder auf seinen Quittenlikör und ließ mich links liegen.

Wochen später, mein Mann war gerade noch so groß wie das sechsjährige Nachbarskind, klingelte plötzlich die Polizei an unserem Hoftor. Zum Glück in Zivil. Ich wurde gefragt, was ich dazu zu sagen habe, dass eine Anzeige gegen mich wegen versuchter Tötung vorliege. Ich fiel aus allen Wolken und hatte keine Ahnung, wer etwas gegen mich haben könne, als mir die Beamten offenbarten, dass mich mein eigener Ehemann angezeigt habe. Er habe Angst, dass er bald tot sei, denn schließlich nehme er seit einiger Zeit ohne erkennbaren Grund drastisch ab, und auch die Spezialisten in Mainz fänden keinen plausiblen Grund dafür. Also müsse es wohl an der Nahrung liegen. Oft genug würde ich ja auch andere Dinge essen als er, wussten die Polizisten zu berichten. Das stimmte, aber warum sollte ich auf Lachs und Spargel verzichten, nur weil er ewig auf Gerichten wie fetter Winzerpastete oder Speckkuchen bestand? Das sah auch die Kripo ein. Ich ließ jedoch nebenbei noch fallen, dass mein Mann ja doch ein arger Trinker und daher oft nicht zurechnungsfähig sei, weshalb man sich schließlich bei mir für die Störung entschuldigte und von dannen zog. Und mein Mann zog sich immer noch weiter zurück. Möglich, dass er tatsächlich Angst vor mir bekam, aber er war ja auch nur noch halb so groß wie ich.

Ich versorgte ihn dennoch weiter. Auf den Flohmärkten der umliegenden Kindergärten kaufte ich passende Kleidergrößen ein, doch schließlich stieg ich auf den Dachboden, um in den alten Spielzeugkisten unserer Kinder nach Puppenkleidung zu suchen. Es war gar nicht so einfach, einigermaßen männlich aussehende Stücke darunter zu finden, zumal auch die Kleider von Barbies Ken für einen großen, schlanken Puppenfreund und nicht für ein kleines, knorriges Männlein geschnitten waren. In den Keller schaffte es mein Mann längst nicht mehr, doch ich holte ihm die Likörflaschen nach und nach hoch, öffnete sie und steckte einen dieser bunten Strohhalme mit Gelenk hinein, damit er sein Lieblingsgetränk besser erreichen konnte. Sollte er doch noch ein bisschen Spaß haben!

Im Juli, ziemlich genau ein Jahr nach meinem schlimmen Albtraum, konnte ich meinen Gatten dann nur noch mit großer Anstrengung sehen, so winzig war er geworden. Oft konnte ich nicht sagen, wo er gerade steckte, um dann erschrocken festzustellen, dass ich ihn im Flur beinahe zertreten hätte. Welche Kleidung er trug, konnte ich nicht mehr sehen, und verstehen konnte ich ihn auch nicht mehr. Sein zartes Stimmchen drang einfach nicht mehr bis zu meinen Ohren durch. Immerhin hatte ich ihn am Nachmittag zuletzt in der Nähe des Quittenbaums wandern sehen.

Am Abend stand ich wieder einmal am Küchenfenster und blickte in den dunklen Garten hinaus. Die Dämmerung hatte sich eben über die Obstbäume gelegt. Mein Mann war vermutlich noch dort draußen. Der Weg zurück war für ihn ja endlos weit. Und ich schwöre, unter dem Quittenbaum war ein ganz schwaches, türkisgrünes Leuchten zu erkennen!

Mein Mann blieb verschwunden und ich wusste nicht, wie ich das meiner Umwelt erklären sollte. Also stieg ich in den Keller hinab und holte mir zum Trost die letzte Flasche des Quittenlikörs hoch, die ich in wenigen Tagen leerte. Am Ende der Woche hatte ich das Gefühl, als schlottere der Hauskittel um meinen Körper und als sei er auf wundersame Weise deutlich länger geworden.

Quittenlikör

1 l Quittensaft
1 l Korn/Branntwein
400 g Zucker
einige Korianderkörner

Quitten mit einem Tuch gut abreiben, damit sich der Flaum löst. Dann grob raspeln und entsaften. Den Quittensaft mit Zucker aufkochen, abkühlen lassen, mit dem Korn unter Zugabe von etwas Koriander mischen und in Flaschen füllen. 6-8 Wochen lang ruhen lassen, danach filtern und wieder in Flaschen abfüllen. Prost!

GERTENSCHLANK
Petra Scheuermann

Um Punkt 10 Uhr reicht Gerti ihrem Chef – wie jeden Tag – ein Stück selbstgebackene Latwerg-Käse-Torte, die neuesten Verkaufszahlen der Firma Scholze und die heutige Presseschau. Aus der knallroten Thermoskanne auf dem Schreibtisch schenkt Gerti ihrem Herrn Erwin eine Tasse Kaffee ein und erntet ein dankbares Lächeln. Sie weiß, wenn ihr Chef erst einen Blick in die aktuellen Verkaufszahlen geworfen hat, wird sich seine Miene verfinstern. Auch die Pressenachrichten sind alles andere als ermutigend. Es sind schwierige Zeiten für das kleine Nieder-Olmer Pharmaunternehmen Scholze, das den Börsengang noch vor der Banken- und Finanzkrise gewagt hat.

Gerti tippt die Briefe schnell nach Diktat. Flink und kompetent geht sie ihren täglichen Aufgaben als Chefsekretärin nach. Als rechte Hand des Geschäftsführers hat sie alles im Griff, auch wenn Frau Engel, die neue Sekretärin des stellvertretenden Geschäftsführers, versucht, das Gegenteil zu beweisen. Alles weiß die Engel besser. Nur sie kann alle Computerprogramme aus dem ff, nur sie weiß wie man einen Geschäftsbrief nach Norm schreibt, nur sie kennt die Form eines Vorstandsprotokolls. Immer wieder fragt sich Gerti, wie die Firma Scholze seit 55 Jahren ohne Frau Engel bestehen konnte.

Insgesamt hat Gerti 120 Überstunden angehäuft, schließlich ist sie unabkömmlich in der Firma Scholze. In der Dienstbesprechung schlägt der stellvertretende Geschäftsführer, Herr Lauer, vor, dass alle Mitarbeiter bis zum Jahresende ihre gesamten Überstunden auf Null fahren sollen. Gerti denkt nicht im Traum daran, dass dies auch auf sie zutreffen könnte. Umso erstaunter ist sie, als sie zwei Stunden später in einer Unterschriftenmappe ein Schreiben vorfindet, in dem alle Mitarbeiter aufgeführt sind, die ab sofort ihre Überstunden abbauen müssen. In dieser Liste steht Gerti ganz oben, neben ihrer Stundenzahl prangt ein dickes rotes Ausrufezeichen. ‚Aber was soll Herr Erwin denn ohne mich machen?' Gerti verehrt ihren Chef. Er ist ein Gentleman der alten Schule, dick und gemütlich. Leider ist er seit einer Ewigkeit verheiratet, sonst hätte Gerti sich ihn längst unter den Nagel gerissen.

Am nächsten Morgen wird Gerti zu Herrn Lauer gerufen. Er drückt ihr einen Urlaubsantrag in die Hand und sagt, dass sie ab dem nächsten Tag für drei Wochen beurlaubt sei, freiwillig oder unfreiwillig. Gerti ist entsetzt.

„Selbstverständlich bin ich gerne bereit, meine Überstunden – wie immer – dem Unternehmen zu schenken."

„Hören Sie, Frau Knobel, ich möchte mich nicht wiederholen. Bitte übergeben Sie Ihre Tätigkeiten an Frau Engel, die Sie die nächste Zeit vertreten wird."

„Aber …"

„Kein Aber, Frau Knobel. Überhaupt kein Aber. Bitte schließen Sie die Tür, wenn Sie gehen. Danke!"

Gerti hat es die Sprache verschlagen. Als sie ins Büro von Herrn Erwin kommt, und ihm alles berichten will, sagt der nur: „Ja, Frau Gerti, ich weiß. Es sind schwere Zeiten angebrochen, äußerst schwere Zeiten."

Da kommt auch schon die Engel, um mit Gerti die Übergabe zu machen. Es dauert länger als sonst, denn diesmal will die Engel alles ganz genau von Gerti wissen. ‚Sicherlich', denkt Gerti, ‚macht das die Engel, um mich noch ein bisschen mehr zu demütigen.'

Dann sitzt Gerti zu Hause in Harxheim. Was soll sie drei lange Wochen machen? Zum Glück ist jetzt Pflaumenzeit. Gerti kocht kiloweise Latwerg ein. Fast zwei Wochen lang köcheln Stunden um Stunden unzählige Töpfe mit einer zähen, dunklen Masse in Gertis Küche. Das Geheimnis von Gertis Latwerg ist, dass sie das Pflaumenmus noch einige Stunden länger und somit dickflüssiger einkocht, dazu kommt ihre Extraportion Zimt. Gerti mag diesen süßlichen Duft, der tagelang schwer durch ihre kleine Wohnung wabert. Das Latwerg benötigt Gerti hauptsächlich für ihre Latwerg-Käse-Torte. Sie bedeckt einen Käsekuchen mit einer Pflaumenmus-Schicht, der dann, ähnlich einer Linzer-Torte mit Teiggittern belegt wird. Und dann ab in den Backofen. Das Rezept dieser rheinhessischen Spezialität hat Gerti von ihrer Großmutter geerbt.

Nach der Einkochaktion bleibt Gerti noch jede Menge Urlaub. Jetzt löst sie Kreuzworträtsel auf Kreuzworträtsel und schickt die Lösungen ein.

Gerti hat auch Zeit zum Shoppen. Sie fährt nach Mainz und stöbert in der Boutique „Rubens" in der Nähe des Doms. Gerti hasst es, dort einzukaufen. Es hat immer etwas Frustrierendes in diesen extraweiten Größen zu wühlen, aber was soll Gerti machen, sie hat Größe 52. Seit Egon sie nach 20 Ehejahren wegen einer Jüngeren und Schlankeren verlassen hat, frönt sie dem Essen. Am liebsten hätte sie Egon damals vergiftet, vielleicht hätte sie dann ein neues Leben und eine neue Beziehung beginnen können und hätte sich nicht nur dem Essen hingegeben. Aber so wuchsen Gertis Erfahrungen mit Diäten entsprechend ihres Bauch- und Hüftumfangs. Alle Diäten hat Gerti ausprobiert, wirklich alle, von der Apfel- über die Kartoffel-, von der Eier- bis zur Steakdiät, von der Reisdiät, über Trennkost, bis zu FdH. Gerti hat Kalorien gezählt, Punkte addiert, Fett ausgerechnet, Eiweiß und Kohlenhydrate getrennt. Und jedes Mal aufs Neue dachte sie: ‚Jetzt klappt's.' Aber all ihre Mühe war vergebens. Niemals nahm sie auch nur ein Gramm ab, im Gegenteil: Nach jeder Diät legte sie weiter zu. Der Jo-Jo-Effekt. Während einer Diät hält sie sich zurück, um danach um so mehr zuzuschlagen. Sie hat einen Artikel darüber in der Zeitschrift „Stars Intim" gelesen. Oft hat Gerti das Gefühl, als würde sie an Gewicht zunehmen, sobald sie nur an bestimmte Nahrungsmittel denkt. Wie gerne würde sie wenigstens ein bisschen abnehmen! In ihrer Verzweiflung hat sie alle auf dem Markt befindlichen Schlankheits-Pillen getestet, selbstverständlich auch die verschiedenen Appetitzügler der Firma Scholze. Aber auch die zeigten allesamt keinerlei Wirkung.

Gerti atmet auf, als sie sich endlich wieder auf den Weg in ‚ihre' Firma machen darf. Dort betritt sie ihr Sekretariat: ‚Mist.' Sie hat sich in der Tür geirrt, das ist ihr noch nie passiert. War ihr Urlaub so lang, dass sie nicht einmal mehr ihr Büro findet? Aber … Das ist nicht ihr Büro. Oder doch? Es hat große, sehr große Ähnlichkeit mit ihrem Büro, aber es ist es nicht. Gerti blickt auf das Schild an der Tür „Frau Engel". ‚Dieses gemeine Biest! Die hat doch tatsächlich in den drei Wochen meinen Job geklaut.'

Ungehalten stürmt Gerti in das Büro des Geschäftsführers und stammelt unter Tränen: „Herr Erwin …"

Ein dynamischer, junger Mann sieht sie irritiert an und will wissen: „Haben Sie einen Termin?"

„Herr Erwin …", stammelt sie erneut.

„Herr Erwin ist im vorzeitigen Ruhestand."

„Ruhestand? Herr Erwin?"

„Wer sind Sie überhaupt?"

„Ich bin die erste Sekretärin."

„Ach die …", bei diesen Worten zieht er seine Mundpartie nach unten, als sei Gerti ein lästiges Insekt. „Die erste Sekretärin ist jetzt Frau Engel. Sie wird Ihnen sagen, was Sie zu tun haben."

„Sie wird … WAS?"

Energisch schiebt er Gerti aus seinem Büro.

Die Engel stürmt gerade um die Ecke: „Ach, da sind Sie ja endlich, Frau Knobel, Sie sitzen jetzt in meinem früheren Büro."

Ein falsches Lächeln überzieht ihr Gesicht wie eine klebrige Zuckerglasur. ‚Ich wette', denkt Gerti, ‚schon seit Tagen hat die Engel darauf gewartet, mir diesen einen Satz sagen zu dürfen.'

In Gertis neuem Büro stehen ihre Pflanzen lieblos und halb vertrocknet in einem gebrauchten Umzugskarton. Daneben steht ein weiterer Karton mit ihren Habseligkeiten.

Die Tür geht auf und die Engel schwebt herein und lässt zehn Bänder des Diktiergerätes auf Gertis neuen Schreibtisch fallen: „Hier, die sind noch von dem früheren Chef. Schreiben sie die Briefe bitte nach Diktat, die Unterschrift leistet jetzt selbstverständlich Herr Dr. Stürzer. Bis um 14 Uhr liegen die Briefe zur Kontrolle auf meinem Schreibtisch!"

„Blöde Gans!" Gerti ist sich sicher, dass sich diese Worte beim Hinausgehen noch in die Ohren der Engel gebohrt haben. Nachdem sich Gerti das Headset aufgesetzt hat, lauscht sie der sonoren Stimme von Herrn Erwin, während ihre Finger flink über die Tasten fliegen. Immer wieder kullern Tränen über ihre Wangen. Drei Wochen Urlaub und ihr Leben gleicht einem Trümmerhaufen. Unter Tränen stopft sich Gerti das für Herrn Erwin bestimmte Stück Latwerg-Käse-Torte in den Mund. Nie wieder wird sie ihrem Chef seine kleine Sünde reichen können. Gerti fühlt sich als zweifache Witwe. Jetzt hat sie ihre beiden Männer verloren.

Stürzer ändert alle Geschäftsabläufe. Alle! Nichts ist mehr, wie es einmal war. Und wenn Gerti sagt: „Aber das haben wir doch schon immer so gemacht." Dann bellt Dr. Stürzer: „Da wird es ja Zeit, dass wir das ändern."

Seit vier Wochen ist Gerti jetzt die zweite Sekretärin und arbeitet für Herrn Lauer. Seine Laune ist mit dem neuen Chef nicht gerade gestiegen, denn er hat damit gerechnet, dass er Herrn Erwin in einigen Jahren beerben könne. Und jetzt hat der Vorstand einen jungen Schnösel von außen geholt.

Als Gerti an diesem Morgen in ihr Büro kommt, liegt auf ihrem Schreibtisch eine rote Unterschriftenmappe. Sofort sieht sie hinein und wird fast vom Schlag getroffen. Stellen-anzeigen, aus dem „Rheinhessen-Tageblatt" vom Samstag, alle Stellenanzeigen in denen eine Sekretärin gesucht wird. ‚Das war garantiert dieses Biest, die Engel. Wer sonst?', mut-maßt Gerti. ‚Na ja, der Lauer könnte es auch gewesen sein; der hätte gerne ein junges Ding, das sich nicht ausschließ-lich um seine Korrespondenz kümmern müsste.'

Abends schließt Gerti die Wohnungstür auf und schon lau-fen ihr die Tränen über die Wangen. Sie öffnet ihre Post. Durch die vielen Tränen hindurch kann sie die Briefe nur schwer lesen. Aber da steht groß und deutlich: „Sie haben gewonnen! Herzlichen Glückwunsch zu einer zweiwöchigen Reise in die Türkei mit dem weltbekannten und beliebten

Volksmusikanten Hansi Vorderseer. Die Zeitschrift „Stars Intim" freut sich mit Ihnen." ‚Hansi Vorderseer. Der Hansi Vorderseer?' Aber was soll sie denn in der Türkei? Sie wird doch in der Firma Scholze gebraucht. Wird sie das wirklich? Warum soll sie nicht einfach zwei Wochen Urlaub nehmen und mit Hansi Vorderseer in die Türkei fliegen? Mit Hansi Vorderseer!

Als sie am nächsten Tag vor der Engel damit angeben will, fragt die doch tatsächlich: „Und wer ist Hansi Vorderseer?"

Sechs Wochen später geht es los. Ziel: Antalya. In der Maschine sieht Gerti Vorderseer nur kurz, als er im vorderen Abteil hinter dem Vorhang verschwindet. In der Türkei werden alle Gewinner in einen Bus gesetzt. Ein Reiseleiter teilt mit, dass zunächst die Besichtigung der Kalkterrassen in Pamukkale auf dem Programm stehe. „Sie werden drei wunderschöne Tage in einem 5-Sterne-Hotel verbringen, Danach werden Sie Ihr strandnahes Hotel am Küstenabschnitt zwischen Antalya und Alanya beziehen." Er wünscht einen schönen Aufenthalt in der Türkei und weg ist er. Nach über zwei Stunden Fahrt schimpft der Busfahrer sehr aufgeregt in sein Handy und dann geht es über Straßen, die ihren Namen nicht verdienen. Der Bus hält in einem abgelegenen Dorf im Landesinnern vor einem überdimensionalen Hotel, daneben steht ein verwaistes Riesenrad. ‚Nach Pamukkale sieht das nicht aus', ist sich Gerti sicher. Die Reisegruppe bezieht ihre Zimmer ohne eine weitere Erklärung. Erst am nächsten Vormittag werden sie darüber informiert, dass es Probleme mit der Hotelbuchung gegeben hätte und alle erst einmal drei Nächte hier übernachten müssten.

Nach dem Mittagessen wagt sich Gerti vor das Haus. Das

Dorf besteht nur aus wenigen sehr primitiven Häusern. Hier gibt es nichts zu besichtigen, außer der weiten, fast unbewohnten Landschaft.

„Du Deutsch?", will eine verhutzelte Alte in zerschlissenen Kleidern wissen. Gerti nickt. Die Alte zieht sie in ein uraltes, einfaches Lehmhaus. „Du sitzen, Sohn Almanya."

Gerti setzt sich.

„Ich Wahrsage-Heilfrau."

„Eine Wahrsagerin?", fragt Gerti ungläubig.

„Kräuterhex", sagt die Alte und sieht ihr direkt in die Augen, als könne sie darin alle geheimen Wünsche Gertis ablesen. „Du wollen nix dick? Warum? Du nix dick."

„Doch, doch, ich wäre gerne etwas dünner", dabei schlägt Gerti mit der Hand an ihr vorgewölbtes Bäuchlein.

„Dick? Du nix dick!"

„Doch, viel zu dick", beharrt Gerti.

Die Alte kramt in einem Schrank und kommt mit einer schwarzen Wurzel zurück. Hiervon bricht sie ein Stückchen ab und reicht es Gerti. „Jedes Tag kleiner Stück in Mund, in drei Wochen dünn." Die Alte lacht laut und gemein wie eine böse Hexe. Ihr Lachen macht Gerti Angst. „Du nix mehr Mann gut. Mann jetzt bös. Mann muss weg."

„Egon ist doch schon weg", sagt Gerti.

„Mann muss weg, böse Mann ganz weg", insistiert die Kräuterhexe.

Gerti läuft ein kalter Schauer über ihren Rücken. Ist das eine Verrückte? Aber woher weiß diese Alte das alles? Gibt es tatsächlich Wahrsagerinnen? Wenn ja, dann scheint diese Frau eindeutig eine zu sein. Die alte Kräuterhexe bringt ihr ein kleines Fläschchen mit einer schwarzen Flüssigkeit, die aussieht wie Tinte.

„Für Mann, du wissen, wann Zeit."

Gerti streckt ihr Geld hin. „Deutsch Geld." Sie gibt ihr einen Zehn-Euro-Schein.

„Grün Schein."

„100 Euro?" Gerti wird blass. Schon wieder ist sie dabei, sich über den Tisch ziehen zu lassen. So etwas passiert ihr ständig, sie ist einfach zu gutmütig.

„Du viel Geld, wenn Mann weg, viel, viel Geld." Die alte Hexe zeigt ihre verfaulten Zähne.

Gerti zögert, gibt ihr dann doch den verlangten Schein.

Nach drei Nächten wird die Reisegruppe in den Bus verfrachtet und in ihr Hotel zwischen Antalya und Alanya gebracht. Dort dürfen alle Rätsel-Gewinner der Zeitschrift „Stars Intim" den Rest des Urlaubs in einem wunderschönen Vier-Sterne-Hotel verbringen. Gerti hat ein Zimmer mit Meerblick erwartet, jedoch sieht sie von ihrem Balkon nur auf die Rückseite des davor stehenden Hotels. Sie begreift, dass „strandnah" wohl heißt, dass die Möglichkeit besteht, den Strand in einem Halbtagesmarsch entlang der vielen Betonburgen zu erreichen. Aber immerhin ist das Essen sehr gut und reichlich. Zwei Tage später wird ein kostenloser Tagesausflug nach Alanya angeboten. Nach 50 Minuten Fahrt stoppt der Bus vor einer Teppichknüpferei, erst nach zwei Stunden geht es weiter. Bei einem Juwelier verbringt die Gruppe 1 ½ Stunden und danach heißt es noch einmal zwei Stunden Shoppen im Outlet Shop. Hier kosten Marken-T-Shirts 10 € und Rolex-Uhren 25 €. Wahnsinn! Da kann sich auch Gerti nicht zurückhalten.

Inzwischen hat sie das Gefühl, als würde das Zeug der Kräuterhexe eine erste Wirkung zeigen. Vielleicht ist es nur Einbildung, aber als sie auf dem Burgberg von Alanya die Zitadelle besichtigen, fühlt sich Gerti deutlich leichter.

Der Urlaub geht zu Ende, ohne dass die Reisegruppe Hansi Vorderseer auch nur einmal zu Gesicht bekommt. Immerhin drückt der deutsche Reiseleiter allen Gewinnern zum Schluss Hansis CD „I schmilz wie Schokolade" in die Hand.

Zuhause kann Gerti es nicht abwarten und tatsächlich: Sie wiegt drei Kilo weniger!

Drei Wochen später kauft sich Gerti zum ersten Mal seit langem einen Rock in Größe 44. Gerti fühlt sich wie Claudia Schiffer. Endlich ist sie gertenschlank. Sie kann nicht aufhören, sich vor dem Spiegel zu drehen und zu wenden. Gertis sehnlichster Wunsch ist Wirklichkeit geworden. Sie geht shoppen, aber nicht in die Boutique „Rubens", sondern in Läden, die sie noch nie zuvor betreten hat. Sie kauft und kauft, Röcke, Hosen, Blusen, es ist wie ein Rausch, sie kann nicht mehr damit aufhören.

Aber jetzt möchte Gerti nichts mehr essen, weil sie Angst hat, sie könnte wieder zunehmen. Das Essen schmeckt auch nicht mehr so gut wie früher, nicht einmal ihre Latwerg-Käse-Torte. Schon nach wenigen Tagen ist Gertis Euphorie verflogen. Dünn zu sein fühlt sich auf Dauer nicht so an, wie Gerti erhofft hatte. Es war so viel schöner davon zu träumen. Gerti fühlt sich nicht wirklich wohl in ihrer Haut. Es hat etwas Fremdes, Falsches, als wäre Gerti nur zu Besuch in ihrem eigenen Körper. Hat sie mit den Pfunden auch ihre Freude am Essen und sogar ihre Freude am Leben für immer verloren? Irgendetwas in ihrem Dasein scheint in eine falsche Richtung zu laufen.

Die Engel ist krank und Gerti darf sie in ihrem früheren Büro vertreten. Dr. Stürzer erwischt Gerti dabei, wie sie ein

Stück Wurzel in den Mund steckt und er will wissen, was das ist. Ahnungslos sagt Gerti: „Mein Appetitzügler." Dr. Stürzer will Genaueres wissen, aber Gerti ist vielleicht naiv, aber nicht blöd. Sie steckt das restliche Stück Wurzel schnell in ihre Schreibtischschublade. Als Gerti am nächsten Tag ihre Wurzelration zu sich nehmen will, ist der kleine Rest verschwunden. Sie stellt die Schublade auf den Kopf, findet aber nichts. Sollte vielleicht Herr Dr. Stürzer ihre Wurzel gestohlen haben? Gerti kann sich eine derartige Ungeheuerlichkeit nicht vorstellen.

Fünf Monate später: Die Aktienkurse der Firma Scholze sind in schwindelnde Höhen geklettert. In jeder Zeitschrift, die Gerti aufschlägt, sogar in „Stars Intim", blickt sie in das Gesicht dieses spindeldünnen Models, das behauptet: „Mühsame Diäten sind gestern. Schlankkauen ist heute. Mit dem Kaubonbon Gerti kauen auch Sie sich gertenschlank." Dass der Stürzer den Appetitzügler Gerti genannt hat, wird sie ihm niemals verzeihen. Mit Gerti ist er reich geworden, dieser Dr. Stürzer. Natürlich hat er alles als seine Erfindung ausgeben. Gerti hat sich an den Vorstand gewandt, doch dieser bat sie nur, mit ihren falschen Verdächtigungen aufzuhören. Zurzeit plant Stürzer den Kauf einer riesigen Villa und eines nagelneuen Porsches. Und Gerti? Sie weint sich jede Nacht in den Schlaf.

Als die Engel mal wieder Urlaub hat, kommt Gerti mit einem Stück Torte ins Chefzimmer. Jedes Mal, wenn sie die Vertretung der Engel übernimmt, dann will Dr. Stürzer von Gerti ein Stück selbstgebackene Latwerg-Käse-Torte, und zwar um Punkt 10 Uhr. ‚Das macht der extra', denkt Gerti, ‚um noch ein bisschen mehr Salz in meine offene Wunde zu streuen. Dieser Sadist!'

Mit einem hämischen Grinsen, als wäre er der Teufel höchstpersönlich, sagt dieser Unmensch diesmal zu ihr: „Tja, Gertimäuschen, Sie hätten sich etwas schlauer anstellen müssen, dann könnten auch Sie eine Villa und einen Porsche Ihr Eigen nennen." Das ist zuviel. Es muss etwas geschehen. Aber was? Plötzlich kommt Gerti die rettende Idee: die Tropfen aus der Türkei! Sie hat doch noch diese Tropfen von der Kräuterhexe. Was hat die Alte gesagt: „Böser Mann muss weg."

Der Geschäftsführer führt die Kuchengabel zum Mund. Gerti hält den Atem an. Eilig schließt sie die Tür. Vielleicht ist sie zu weit gegangen. Soll sie ihn warnen? ‚Nein, für Skrupel ist es jetzt zu spät.' Ein Ohr im Chefzimmer wartet Gerti darauf, dass dieses Scheusal endlich vom Stuhl fällt. Aber nichts passiert. ‚Wer weiß, was die alte Hexe in dieses Fläschchen gefüllt hat?' Gerti ist felsenfest davon überzeugt gewesen, dass der Stürzer auf der Stelle tot umfallen würde.

Gestern hatte sie das Fläschchen mit der schwarzen Flüssigkeit hervorgeholt, es vorsichtig geöffnet und daran gerochen. Der Geruch erinnerte sie an Zimt. Und da war ihr der Einfall gekommen. Sie hatte den gesamten Inhalt des Fläschchens in das Latwerg geträufelt, bevor sie das Pflaumenmus ordentlich auf der Quarkmasse verteilte.

Im Büro des Geschäftsführers ist es ruhig geworden. Gerti öffnet vorsichtig die Tür. „Können Sie nicht anklopfen?", schreit er.

Gerti sagt kleinlaut: „Ich wolle Sie nur an die Vorstandssitzung erinnern."

„Ach, ja …"

Schwankend verlässt er sein Büro in Richtung Sitzungsraum. Dr. Stürzer hat glasige Augen, als würde er unter Drogen stehen.

Am nächsten Morgen erscheint der Geschäftsführer nicht zur Arbeit. ‚Bestimmt ist er krank, wahrscheinlich hat die alte Hexe mir ein Abführmittel mitgegeben', denkt Gerti, ‚und wenn er tot ist und ich eine Mörderin?'

Eine Stunde später steht Vorstandssekretärin Späher in Gertis Büro. Sie behandelt Gerti immer etwas hochnäsig, besonders seit Gerti nur noch die zweite Sekretärin der Geschäftsführung ist. Aber heute ist etwas Zuvorkommendes in ihrer Art, fast Hochachtung liest Gerti in ihren Augen. „Kommen Sie bitte in zehn Minuten hoch zu Herrn Dr. Jakobi."

Was soll Gerti bei Jakobi? Sie ist noch nie zu dem Vorstandsvorsitzenden gerufen worden. ‚Kann es sein, dass sie alles wissen? Habe ich den Chef umgebracht?'

Gerti sitzt Dr. Jakobi gegenüber. Die Späher bringt zwei Tassen Kaffee. Mit schwitzigen Fingern hebt Gerti die Tasse und nippt an dem Kaffee. ‚Was geht hier vor? Bestimmt warten wir auf die Polizei und ich werde verhaftet. Vielleicht sollte ich alles gestehen.'

„Es tut mir leid", sagt Gerti, „das habe ich nicht gewollt, wirklich nicht."

„Herr Stürzer hat sich durch seinen Selbstmord einer gerechten Strafe entzogen, dafür können Sie nichts, Frau Knobel. Unsere Firma ist Ihnen auf ewig zu Dank verpflichtet. Natürlich werden wir uns erkenntlich zeigen. Wir würden Ihnen gerne eine Gratifikation für Ihr Erfolgsrezept zukommen lassen und über ein zusätzliches Firmenaktien-Paket werden wir uns sicher einig."

Gerti sitzt mit offenem Mund da. Sie versteht nichts. Gar nichts. Das muss ein Traum sein, aber ein schöner Traum.

Erst später rückt die Späher damit raus, dass Dr. Stürzer am Vortag zur Vorstandssitzung erschienen sei und sich komisch benommen habe. Als der Vorstandsvorsitzende ihn für seine Verdienste um das Kaubonbon Gerti lobte, habe Stürzer gesagt: „Mich brauchen Sie nicht zu loben. Das Lob gebührt einzig und allein Frau Knobel. Ich habe ihr die Wurzel und somit das Rezept für das Kaubonbon gestohlen." Und dann habe er alles berichtet. Danach sei er nach Hause gegangen und habe sich mit seiner Lieblingswaffe erschossen.

Gerti fühlt sich schuldig, aber nur ein klein wenig. Kann sie etwas dafür, dass sich Stürzer umbracht hat? Vielleicht war die Flüssigkeit eine Art Wahrheitsserum gewesen und sein Selbstmord eine Reaktion auf seine eigenen Sünden. Wer konnte das schon wissen?

An diesem Tag beschließt Gerti, niemals wieder eine Diät zu machen oder einen Appetitzügler zu schlucken. Nach kurzer Zeit trägt Gerti erneut Größe 46, aber jetzt fühlt sie sich pudelwohl in ihrer Haut. Und dann kommt auch noch Herr Erwin zurück. Seine reguläre Pension steht erst in sieben Jahren an. Eigentlich müsste Gerti nicht mehr arbeiten, aber die Zeit mit Herrn Erwin will sie sich auf keinen Fall entgehen lassen.

Exakt um 10 Uhr – wie jeden Tag – reicht Gerti Herrn Erwin sein Stück Latwerg-Käse-Torte, die neusten Verkaufszahlen und die Presseschau. Besonders der ganzseitige Artikel aus der heutigen Ausgabe des „Rheinhessen-Tageblatts" wird ihren Chef interessieren.

Die abgebildete Kurve des Aktienkurses der Firma Scholze zeigt steil nach oben. Herr Erwin studiert aufmerksam die Headlines. Gerti sieht ihm dabei über die Schulter und liest mit: „Das in Nieder-Olm ansässige Pharmaunternehmen Scholze, Brachenprimus in Sachen Appetitzügler, peilt einen Rekordgewinn an. Erstmals im laufenden Jahr hat sich das operative Ergebnis (Ebit) des Pharmaherstellers verdreifacht. Diese Nachricht kommt nicht überraschend. Seit der Einführung des Appetitzüglers Gerti steigerte sich der Umsatz um über 50 %. Das alteingesessene Familienunternehmen beschäftigt inzwischen über 300 Mitarbeiter in Rheinhessen. Neben dem Produktionsstandort in Nieder-Olm besteht eine ausgelagerte Forschungsabteilung in Alzey."

Beim Gehen dreht sich die vollschlanke Gerti einmal gekonnt um die eigene Achse, dabei zieht sie den Blick ihres Chefs magisch auf sich, erst dann hebt sie drei Unterschriftenmappen aus dem Ausgangsfach. Glücklich, fast verschwörerisch, lächelt sie ihrem Chef zu, bevor sie aus dem Büro schwebt.

Rheinhessische Latwerg-Käse-Torte

Teig:
  250 g Mehl (Vollkornmehl geht auch)
  1/2 TL Backpulver
  70 g Zucker
  1 Prise Salz
  1 Ei
  130 g Butter
  1 Eigelb
  1 EL Milch
Belag:
  500 g Magerquark
  2 Eier (getrennt)
  1 Päck. Vanillepudding
  100 g Zucker
  60 g Butter
  150 g Latwerg (Pflaumenmus)

Mehl und Backpulver in eine große Schüssel sieben, in die Mitte eine Vertiefung drücken und Zucker, Salz und ein Ei hineingeben. Kalte Butterflocken auf dem Rand verteilen. Schnell zu einem Teig verarbeiten und 30 Minuten kalt stellen. Den Boden einer Springform gut einfetten oder mit Backpapier auslegen, den Backofen auf 150 Grad vorheizen (Umluft).
Inzwischen Quark, 2 Eigelb, Puddingpulver, Zucker und Butter verrühren; die Eiweiß steif schlagen und unterheben.
2/3 des Teiges ausrollen und den Boden der Springform damit belegen, einen Rand hochziehen und den Tortenboden mehrmals mit der Gabel einstechen. Den restlichen Teig ausrollen und Teiggitter schneiden.
Die Quarkmasse auf dem Teig verteilen und 50 Minuten bei 150 Grad backen. Dann den Kuchen aus den Ofen nehmen und 150 g Latwerg auf der Oberfläche verteilen. Den Kuchen mit den Teiggittern belegen. Das restliche Eigelb mit der Milch verrühren und das Teiggitter damit bestreichen, den Kuchen in ca. 20 Minuten bei gleicher Temperatur fertig backen.
(Quelle: Familienrezept)

Pflaumenmus
(Latwerg)

2 kg Zwetschgen oder Pflaumen, möglichst reif)
(wenn die Früchte nicht ganz reif sind, kann man bis zu
10 % Zucker zugegeben)
1 TL Zimt

Zwetschgen bzw. Pflaumen entkernen, zu Mus zerkleinern
(Fleischwolf, Pürierstab u.a.) und in einen großen Topf geben.
Mit etwas Wasser bei mäßiger Hitze mindestens 5 Stunden
lang köcheln lassen, dabei immer wieder umrühren.
Eine andere Möglichkeit besteht darin, das Mus nach dem
Aufkochen in der Saftpfanne im Backofen zu garen. Dies geht
schneller und die Masse brennt nicht so leicht an.
Gegen Ende der Garzeit einen Teelöffel Zimt zugeben. Die
Masse sollte zum Schluss dick eingekoct sein, nicht mehr flie-
ßen und ein durchgezogener Löffel eine Straße hinterlassen.

(Quelle: Familienrezept)

LE MEUR UND DER GALERIST
Jürgen Edelmayer

Kommissar Auguste Le Meur betrachtete zum x-ten Mal die
Fotos auf seinem Schreibtisch. Es war beileibe kein schöner
Anblick. Das Gesicht Anna Krombachs glich nurmehr einer
undefinierbaren Masse. Ihre Leiche hatte von Feuerwehrleu-
ten aus dem Autowrack herausgeschnitten werden müssen.
Teile des zersplitterten Lenkrads waren in ihren Körper ein-
gedrungen und hatten Hals, Herz und Lunge durchbohrt.
Keine Bremse hatte die Wucht des Aufpralls gemindert,
denn der Wagen war manipuliert worden. Das zumindest
vermutete Le Meur. Er konnte es nur nicht beweisen. Das
Wrack hatte für die kriminaltechnische Untersuchung nicht
mehr genug hergeben. Die offizielle Version lautete daher
bislang so: Anna Krombach, Ehefrau des Galeristen Martin
Krombach, war mit ihrem Wagen auf der A 60 Richtung
Bingen unterwegs gewesen, wo sich die Ausstellungsräume
der Wiesbadener Galeriebetreiber befanden. Aus bisher un-
geklärter Ursache hatten die Bremsen versagt. In den auf
ihre Spur einscherenden LKW war Frau Krombrach mit un-
verminderter Geschwindigkeit hineingerast.

Kein schöner Anblick. Le Meur steckte die Fotos in das
braune Kuvert zurück. Der Kommissar war felsenfest davon
überzeugt, dass der Galerist die Verantwortung für den Tod
seiner Frau trug. Bestimmt war es Intuition, die Le Meur
so unerschütterlich an diese Möglichkeit glauben ließ. Das
und der Umstand, dass Martin Krombach als einziger vom
Tod Anna Krombachs profitierte. Denn Martin Krombach
mochte zwar über den nötigen Kunstverstand verfügen, um
die Galerie zu leiten, aber das Kapital war von Anna Krombach beigesteuert worden. Sie hinterließ ihrem Mann ein

ansehnliches Vermögen inklusive einer zu seinen Gunsten abgeschlossenen Lebensversicherung.

Dieser Fall ließ Le Meur einfach nicht mehr los. Es war zum Verzweifeln. Aus Frustration über die Erfolglosigkeit seiner Anstrengungen hatte er die Tastaturbelegungen sämtlicher Computer in seiner Abteilung auf französisch umgestellt, was ihm prompt eine Rüge von seinem deutschen Dienstherrn einbrachte, gefolgt von einer heftig geführten Diskussion über die Rechtmäßigkeit der Besetzung des linken Rheinufers durch französische Truppen während des Pfälzer Erbfolgekrieges.

Le Meur würde es nicht ertragen, wenn der Mörder unbehelligt davon kam. Aber was sollte er tun? Er hätte dem Galeristen gerne die Unfallfotos gezeigt, durfte ihn aber nicht zwingen, sich die Bilder anzusehen. Martin Krombach galt als äußerst empfindsamer Ästhet. In seinen Ausstellungsräumen duldete er niemals Bilder mit Gewaltdarstellungen. Als Krombach die Nachricht vom Tod seiner Frau überbracht worden war, hatte er einen Nervenzusammenbruch erlitten. Oder vorgetäuscht?, fragte sich Le Meur. Bereits wenige Stunden später hatte ein Anwalt, nicht etwa ein Arzt, die ermittelnden Beamten eindringlich davor gewarnt, Druck auf Krombach auszuüben.

„Unterstehen Sie sich vor allem", hatte der Anwalt gesagt, „meinen Mandanten zu zwingen, irgendwelche Fotos von der Leiche seiner Gattin anzusehen. Seine Gesundheit könnte Schaden nehmen."

Der Franzose hätte den Galeristen trotzdem gerne ins Verhör genommen, aber da gab es noch ein anderes Hindernis. Als Le Meur einmal seine Verwunderung über die Zurückhaltung seiner deutschen Kollegen gegenüber dem Verdächtigen geäußert hatte, war ihm von einem Inspektor gesagt worden: „Da kannst du nichts machen, Auguste. Krombach pflegt eine enge Freundschaft zu jemandem, der wiederum gut mit dem Innenminister befreundet ist. Nein, nein, da wird sich keiner in die Nesseln setzen."

Zeit für den Feierabend, Zeit, das freie Wochenende zu genießen. Le Meur zog einen leichten Pullover über und verließ das Polizeirevier. Er steuerte ein in Richtung Nahetal gelegenes Lokal an, das zu seiner Freude einen Mittagstisch mit regionalen Gerichten anbot. Der Franzose liebte diese Küche über alles. Das war für ihn einer der Gründe gewesen sich zu melden, als im Rahmen eines Austauschprogramms Freiwillige für ein Dienstjahr in Deutschland gesucht wurden. Schon in jungen Jahren hatte Le Meur damit begonnen, sich die deutsche Sprache anzueignen und später in der Schule alle Kursangebote wahrgenommen, die Gelegenheit boten, diese Kenntnisse zu verbessern. Heute brauchte er etwas Herzhaftes. Le Meur entschied sich für sein Lieblingsessen, Wildblutwurst, auf Apfelscheiben gebraten und als Beilage Rote Bete-Salat. Da er mit dem Auto unterwegs war, entschied sich Le Meur gegen den üblicherweise zu diesem Gericht servierten Riesling und begnügte sich mit einem Mineralwasser.

Aber heute wollte es ihm nicht so recht schmecken. Immer wieder wanderten seine Gedanken zu dem braunen Umschlag mit den Fotos der Toten. Nicht gerade Appetit anregend. Le Meur strich sich über seinen riesigen schwarzen Schnurrbart, um die Bilder aus seinem Kopf zu vertreiben. Dabei starrte er wie zufällig auf sein Essen, das inzwischen kalt geworden war und aufgrund seines ziellosen Herumgestocheres darin nur noch einer undefinierbaren Masse glich. Kein schöner Anblick, aber Le Meur liebte dieses Gericht trotzdem. Er konnte überhaupt nicht verstehen, warum es Leute gab, die bei dessen bloßer Erwähnung grün im Gesicht wurden. Manche Vegetarier zum Beispiel.

„Genau", murmelte Le Meur. „Richtig schlecht könnte Manchem davon werden."

Der Franzose ließ die Gabel sinken und überlegte. Was war eigentlich gerade passiert? Er hatte wie zufällig auf seinen Teller geschaut und dann … Der Kommissar griff nach seinem Handy, einem Modell mit hochauflösender Kamera und hatte es plötzlich sehr eilig, das Lokal zu verlassen. Hastig aß er seinen Teller leer. Soviel Zeit musste wiederum sein. Wildblutwurst war schließlich sein Leibgericht, und das würde Le Meur niemals stehen lassen.

Nach einem kurzen Halt bei einem auch spät am Abend noch geöffneten Laden, der T-Shirts bedruckte, traf der Kommissar in seinem Büro ein paar seltsame Vorbereitungen. Er überzeugte sich unter anderem davon, dass die Spindtür noch immer bei der kleinsten Erschütterung aufsprang. Anschließend schlug er einige Male mit der Faust auf die Schreibtischplatte. Dabei kippte jedes Mal das Familienfoto auf dem gegenüberliegenden Schreibtisch seines Kollegen um. Le Meur wusste, dass der Kollege die kommende Woche auf einer Fortbildung war. Er hatte das Büro dann ganz für sich allein. Er nickte grimmig, aber zufrieden, und griff nach dem Umschlag mit den Unfallfotos. Was er vorhatte, konnte ihn um Kopf und Kragen bringen. Und wenn schon. Krombach, dessen Anwalt, der Freund des Innenministers und der Innenminister höchstpersönlich, sie konnten Auguste Le Meur alle mal gerne haben.

„Nochmal zu Ihnen auf das Revier, aber wieso denn?"

Martin Krombach war reichlich ungehalten darüber,

gleich zu Wochenbeginn erneut vorgeladen zu werden, aber Le Meur zeigte sich davon unbeeindruckt. Er bedauere durchaus die Umstände, aber leider, leider, müsse er darauf bestehen, dass Krombach mitkomme, und zwar sofort. Widerwillig lenkte der Galerist ein, nachdem auch seine Drohung, den Innenminister zu informieren, an Le Meur abgeprallt war.

Le Meur setzte sich an seinen Schreibtisch und forderte Krombach auf, ihm gegenüber Platz zu nehmen.

Als der Galerist erneut ansetzte: „Wenn ich meinem Freund, der den Innenminister gut kennt, davon erzähle ...", reichte es Le Meur. Der Kommissar schlug mit der Faust auf den Tisch. Das Bild auf dem Schreibtisch seines Kollegen fiel um und gab den Blick auf das dahinter stehende Foto frei. Kein schöner Anblick, diese Großaufnahme von Anna Krombachs Leiche. Der Galerist wurde blass und schnappte nach Luft. Schnell drehte er seinen Kopf zur Seite und schaute in eine andere Richtung, dorthin, wo der Spind stand. Le Meur packte einen Locher und pfefferte ihn gegen den Spind. Dessen Tür sprang auf und auf der Innenseite war deutlich ein weiteres Foto von der Leiche der Galeristenfrau zu sehen. Martin Krombach ächzte und steckte seine Faust in den Mund. Le Meur stand auf und zog den Pullover aus. Darunter kam ein bedrucktes T-Shirt zum Vorschein, Motiv: Wildblutwurst, zermatscht mit Apfelscheiben und Rote Bete Salat. Der Galerist starrte fassungslos auf Le Meurs Brust und würgte. Der Kommissar trat beiseite und gab den Blick auf die Rückenlehne seines Stuhls frei. Dort klebte ein weiteres Foto der Leiche. Man sah deutlich den aufgeschlitzten Hals und den Blutfaden, der an der Stelle, wo sich vermutlich das Kinn befunden hatte, hinunter lief. Der Galerist wimmerte und schlug die Hände vor sein Gesicht. Dann brach er zusammen.

„Das habe ich nicht gewollt", stammelte Martin Krombach und schluchzte. „Bitte glauben Sie mir, ich wollte einen
sauberen Tod, ohne Blut und all das Zeug drumherum."

Eine gute Stunde später war Martin Krombachs Geständnis protokolliert und unterschrieben. Der Mörder selbst befand sich bereits in Gewahrsam. Auguste Le Meur war sehr
zufrieden mit sich und daher äußerst milde gestimmt. Dieser Milde wollte Le Meur heute Abend durch die Auswahl
einer entsprechenden Mahlzeit Ausdruck geben. Dampfnudeln in Vanillesauce.

Da gab es selbst für einen Vegetarier nichts zu meckern.

Dampfnudeln mit Weinsauce

Für 4-6 Personen:
   500 g Mehl
   20 g Hefe
   50 g Zucker
   ¼ l Milch
   2 Eier
   50 g Butter
   abgeriebene Zitronenschale, 1 Prise Salz

Mehl in eine Schüssel geben, in die Mitte eine Kuhle drücken, Hefe mit etwas Zucker, der Hälfte der lauwarmen Milch und dem Mehl verrühren und gehen lassen. Dann restliche Zutaten beimischen, den Teig gut durcharbeiten, warm stellen und zugedeckt eine halbe Stunde gehen lassen. Kinderfaustgroße Nudeln abstechen, auf ein mit Mehl bestäubtes Brett setzen und nochmals gehen lassen. In einem flachen, gut schließenden gusseisernen Topf oder in einer Pfanne einen Finger hoch Wasser, die Butter und eine Prise Salz geben. Alles aufkochen, die Nudeln hineinsetzen, Deckel schließen und so lange kochen lassen, bis die Flüssigkeit aufgesogen ist: Vorher nicht den Deckel heben, sonst fallen die Dampfnudeln zusammen. Warm mit Weinsauce servieren.

Weinsauce
   ½ l herber Weißwein
   2 EL Zucker
   1 TL Speisestärke
   2 Eier

Wein, ¼ l Wasser und Zucker erhitzen, aber nicht kochen. Speisestärke mit 2 EL Wasser verrühren und mit dem Schneebesen in die Weinsauce einrühren, aufkochen und von der heißen Herdplatte ziehen. Die Eidotter in die heiße Sauce rühren und abkühlen lassen. Eiweiß zu Schnee schlagen, den Eischnee locker unter die Sauce heben.

(Quelle: Hildegard Bachmann, in: Hildegard Bachmann und Ulrike Neradt: *Die Sehnsuchtsküche. Unsere Lieblingsrezepte*, Ingelheim 2009)

WECKSCHNITTEN MIT WEINSAUCE
Sabine Zwetsch

Ich erinnere mich noch gut an den Tag, als sie in das Haus gegenüber einzog. Es war kurz vor meinem vierzehnten Geburtstag und ein heiß dampfender rheinhessischer Sommer lag in seinen letzten Zügen. Die Weinberge hatten ihr saftiges Grün gegen einen trockenen bräunlichen Anstrich eingetauscht und die vollen Reben wollten gelesen werden.

Als ihr offener Jeep in der Einfahrt gegenüber hielt und sie ihre braungebrannten, schlanken Beine aus der Tür schob, schien es, als würde unser kleines rheinhessisches Dorf den Atem anhalten.

Meine Schwester und ich unterbrachen unser Ballspiel im Hof und sahen ihr zu, wie sie ihre riesige Umhängetasche vom Rücksitz wuchtete und mit schwingenden Hüften auf unser Nachbarhaus zusteuerte, das von nun an der Mittelpunkt unseres Ortes zu sein schien.

Kurz bevor sie hineinging, drehte sie sich zu uns um und ihr knappes, mit Sonnenblumen übersätes Kleid drehte sich einen kleinen Moment weiter. Sie sah mich an, lächelte und ich war mir sicher, sie zwinkerte mir zu. Dann verschwand sie hinter der alten, schweren Eichentür.

Ich war in dem Alter, in dem ein Mädchen an sich selbst und um sich herum allerlei Merkwürdigkeiten wahrnimmt. Ohne Zweifel war sie eine dieser Merkwürdigkeiten. Doch wie merkwürdig sie wirklich war, sollte ich erst sehr viel später erfahren.

In den folgenden Tagen kam die Sommerschwüle zurück. Nachts entluden sich heftige Gewitter, die vom Donnersberg zu uns herüberzogen. Als Kind hatten die Eltern mir immer erzählt, er wäre der Ursprung aller Gewitter und hätte daher

auch seinen Namen. Aber nun war ich fast vierzehn, so gut
wie erwachsen, wusste es also besser und Angst vor Gewit-
tern hatte ich sowieso schon lange nicht mehr.

Eines Nachts, als der abkühlende Regen gar nicht einset-
zen wollte und es unaufhörlich blitzte und gleichzeitig don-
nerte, ging ich zum Fenster um hinauszusehen.

Gegenüber bewegte sich etwas hinter der zugezogenen
Gardine. Ich sah genauer hin und konnte Umrisse einer
männlichen Gestalt erkennen. Der Mann schien zu reden
und dabei mit der einen Hand zu gestikulieren. In der anderen Hand hielt er etwas, das wie ein Glas oder ein Teller
aussah. Er aß etwas. Dann kam eine andere Gestalt hinzu
und beide verschmolzen zu einer.

Drei Wochen später war der Bäcker tot.

Alle wunderten sich. Er war ein junger, starker Mann –
und wie meine Mutter damals behauptete – auch ein aus-
nehmend gut aussehender Mann gewesen.

Seine Frau saß bei uns zu Hause am Küchentisch und
weinte sich die Augen aus. Es war unbegreiflich, sagte auch
sie, während Mama Tee kochte. Er war weder krank gewesen, noch gab es andere Vorzeichen für das, was unser
Dorfdoktor als plötzliches Herzversagen diagnostiziert hatte.

Die Beerdigung war ein Großereignis; schon lange hatte es
ein solches Begräbnis nicht mehr bei uns gegeben. Das ganze Dorf war auf den Beinen und kondolierte der zierlichen
Bäckersfrau mit den verweinten Augen und dem kleinen
Jungen an der Hand.

Auch unsere neue Nachbarin war da. Sie hielt sich im Hintergrund und ihr Kleid war noch genauso kurz und knapp,
wie an dem Tag, als sie gegenüber von uns eingezogen war.

Allerdings hatte es die Farbe gewechselt und glänzte in tief-schwarz.

Sie kondolierte nicht.

Die Tage vergingen und der rätselhafte Tod des Bäckers war Geschichte, als ich auf dem Nachhauseweg lautes Geschrei aus der Dorfkneipe hörte. Dies war zunächst nichts Unge-wöhnliches; lautstarke Auseinandersetzungen waren an der Tagesordnung. Aber es war erst kurz nach Mittag und das Geschrei kam eindeutig von einer Frau.

Ich schaute hinüber, ob ich etwas erkennen könnte, und in dem Moment öffnete sich die Tür. Heraus kam unser Wirt Kurt, gefolgt von seiner Frau Martha. Diese legte trotz ihres ausladenden Schwangerschaftsbauches – sie sollte in wenigen Wochen Zwillinge zur Welt bringen, wusste man – eine außerordentliche Behändigkeit an den Tag, als sie weit ausholte und ihrem Mann eine Weinflasche nachwarf.

Diese verfehlte ihr Ziel nur knapp, zerschepperte in tau-send Scherben und der tätlich Angegriffene rief: „Hör mir doch bitte zu! Es ist nicht so, wie du denkst!"

Die wütende Gattin wollte aber ganz offensichtlich über-haupt nicht zuhören und hielt die nächste Weinflasche bereit zum Wurf. Doch statt sie zu werfen, brüllte sie nur: „Sieh zu, dass du Land gewinnst! Hau ab! Mach dich fort! Und lass dich nie wieder hier blicken!"

Als ich diese Begebenheit beim Abendessen erzählte, ki-cherte meine kleine Schwester, doch meine Eltern warfen sich einen vielsagenden Blick zu. Mama murmelte etwas wie: „Er sollte sich schämen. Als ob ihre Last nicht schon groß genug wäre, mit den zwei Babys im Bauch. So ein Schwein!"

Papa nickte nur stumm.

Es blieb heiß, und als ich abends wieder am Fenster saß, um etwas frische Luft abzubekommen, sah ich, wie sich ein Mann, den ich im Häuserschatten nicht erkennen konnte, der schweren Eichentür gegenüber näherte. Dort angekommen schaute er sich verstohlen um und schlüpfte hinein – in das Haus unserer Nachbarin. Ich sah ihn an dem Abend nicht mehr herauskommen.

War die Beerdigung des Bäckers schon ein Großereignis gewesen, der Tag an dem Kurt, der Wirt, begraben wurde, sollte alles bisher da gewesene in den Schatten stellen. Sicherlich ging man davon aus, dass es einen besonders guten Leichenschmaus geben würde, denn Martha war für ihre Kochkünste bekannt.

Doch hatte man da die Rechnung sozusagen ohne die Wirtin gemacht, denn die hatte vor Gram und Trauer anderes im Sinn, als das ganze Dorf zu verköstigen. Sie saß eingesunken in einem Sessel und machte sich solche Selbstvorwürfe, dass niemand sie beruhigen konnte. Sie war untröstlich: Schließlich war sie es ja gewesen, die ihn vor die Tür gesetzt hatte, den Armen, nur weil sie ihn verdächtigt hatte, eine Affäre zu haben. Wahrscheinlich hatte das alles gar nicht gestimmt. Und jetzt war er gestorben. Einfach so. An gebrochenem Herzen.

Um Martha bei der Trauerfeier zu entlasten, hatten die Frauen aus dem Dorf für Essen gesorgt. An diesem Tag kostete ich zum ersten Mal die unvergleichlich leckeren Weckschnitten mit Woisooß unserer neuen Nachbarin.

Ich muss wohl sehr versonnen an meinen Fingern geschleckt haben und merkte nicht, dass sie neben mir saß, als ich mir auch noch die Schüssel zum Auslecken vornehmen wollte.

„Die schmecken dir wohl, hm?"

Peinlich berührt nickte ich verlegen.

„Du bist doch die Kleine von gegenüber", stellte sie fest.

Wiederum nickte ich.

„Komm mich mal besuchen, dann zeige ich dir, wie man sie macht."

Ich schaute sie mit großen Augen an und nickte wieder.

Mittlerweile konnte ich die Nächte kaum erwarten, in denen ich am Fenster sitzen und das Haus gegenüber beobachten konnte. Und immer überkam mich ein eigenartiges Schaudern, wenn sich wieder eine männliche Gestalt aus dem Schatten löste und hinter der schweren Eichentür verschwand.

Als es den Postboten erwischte, der eine Frau und zwei kleine Mädchen hinterließ, wunderte sich niemand. Er hatte schon immer ein schwaches Herz gehabt. Wie jemand mit solch unzulänglicher Kondition auf die absonderliche Idee gekommen war, Briefe auszutragen, war damals schon für alle ein Rätsel gewesen. Das musste ja so kommen, bei Wind und Wetter draußen. Dafür muss einer gemacht sein, wusste man.

Der Tod des Pastoralreferenten einige Zeit später allerdings ging allen an die Nieren. So ein sympathischer junger Mann. Gerade neu gebaut und das erste Kind war unterwegs. Die arme Frau.

Und schon gab es, wie es bei uns so üblich ist, tatkräftige junge Männer und Frauen, die der Witwe jegliche Unterstützung anboten.

Eines Nachmittags hielt ich es nicht mehr aus. Ich war neugierig, ich musste sehen, wie diese Frau wohnte, um deren Haus die Männer strichen wie liebestolle Kater um das Haus einer rolligen Katze.

Ich fasste mir ein Herz, ging zur schweren Eichentür und klingelte. Sie öffnete und wie immer sah sie atemberaubend aus. Aufgrund des regnerischen Herbstwetters trug sie kein luftiges Sommerkleid mehr, sondern einen bodenlangen weinroten Kaftan aus Seide. Und bei genauem Hinsehen konnte man erkennen, dass sie darunter nichts trug.

„Ah! Komm herein, meine Süße!", begrüßte sie mich. „Kommst du um meine Weckschnitte mit Woisooß zu probieren? Heut ist dein Glückstag, denn ich will gerade welche machen."

Langsam folgte ich ihr ins Haus.

Ich weiß nicht, was ich erwartet hatte, vielleicht Töpfe, die über offenem Feuer brodelten oder ein ausgestopftes Krokodil, das von der Decke hing. Nichts hätte mich mehr überrascht, als das, was ich vorfand: eine ganz normale Wohnung, in der es so aussah wie bei uns oder bei meinen Freundinnen. Wohnzimmer, Fernseher, Essecke, Einbauküche. Auch wenn ich mich noch so umsah, nichts deutete auf einen geheimnisvollen oder ungewöhnlichen Lebenswandel hin.

„Komm zu mir in die Küche, dann kannst du mir zusehen und ich weise dich in die großen Geheimnisse der Zubereitung von Weckschnitte in Woisooß ein."

Ich blieb in der Küchentür stehen und verfolgte sie mit meinen Blicken. Sie ging nicht. Sie schwebte. Und immer, wenn sie an mir vorbeischwebte, schaute sie mich an und lächelte.

„Weißt du, man muss nicht alles kochen können", erklärte sie. „Wenn du eine Handvoll Gerichte kannst, diese aber perfekt sind, steht dir die Welt offen. Dann kommst du überall hin, wo du hin willst."

Dabei entkorkte sie eine Flasche Silvaner und füllte diesen in einen Topf, der auf dem Herd stand. Dazu gab sie noch etwas Wasser. Sie zwinkerte mir zu.

„Damit die Sooß nicht allzu stark wird. Achte darauf, dass die Mischung nicht kocht, sondern nur warm wird", warnte sie mich, als sie Zimtstangen hinzufügte.

„So, und jetzt gibst du noch Zucker und Vanillezucker dazu. Setz dich doch."

Sie zeigte auf die Anrichte. Ich wuchtete mich hoch und ließ die Beine baumeln.

Sie trennte ein paar Eier und ich beobachtete, wie sie den Topf vom Herd nahm und das Eigelb unter den warmen, duftenden Wein rührte.

„Jetzt warten wir, bis die Weinmasse abgekühlt ist, dann schlagen wir das Eiweiß, bis es ganz steif ist, und heben es darunter. Vorm Servieren muss man sie dann nochmal kurz schaumig aufschlagen. Möchtest du solange einen Kakao?"

Ich schüttelte den Kopf und sie stellte den Topf in den Kühlschrank.

„Das Besondere an meiner Woisooß ist die Prise Muskat, die ich dazugebe. Aber nur eine Prise, das ist ganz wichtig!"

Ich nickte: „Muskat, aha."

„Und dann noch etwas: Ich zeige dir hier nur die Grundversion. So hast du die Weckschnitte mit Woisooß auf der Beerdigung von unserem armen Karl gegessen. Für besondere Freunde kommt noch eine Zutat hinzu."

Sie holte ein großes Messer aus der Schublade und betrachtete es versonnen.

„Was für eine Zutat?", hauchte ich.

Sie lächelte abwesend.

„Keine Bange, die verrate ich dir nicht. Noch nicht … Ein altes Familienrezept. Streng geheim! Wird nur von Mutter zu Tochter weitergegeben, und da ich keine Kinder habe … leider … ja, vielleicht erzähle ich eines Tages dann dir von dieser geheimen Zutat."

Ich nickte, während sie ein Stangenweißbrot auf das Schneidebrett legte und „Altbacken muss es sein!" hinzufügte.

Dann zerteilte sie das Brot in Scheiben und ich traute mich zu fragen: „Welche Freunde meinen Sie?" Aber sie war wohl mit ihren Gedanken schon weiter gezogen und sah mich nur verständnislos an.

„Wie? Welche Freunde?"

„Die, für die Sie die besondere Zutat dranmachen."

„Ach so, ja. Hm."

Sie setzte sich mir gegenüber und sah mich lange an.

„Das ist nicht so wichtig. Aber ich sage dir, was wichtig ist: Familie! Mutter, Vater, ein paar Kinder. Das ist wichtig. Leider sind viele einfach zu blöd, um das zu verstehen, wenn du weißt, was ich meine."

Ich wusste nicht, aber ich nickte.

Sie machte eine sehr lange Pause und mehr, um mich bemerkbar zu machen, als dass ich es wirklich wissen wollte, fragte ich: „Was passiert jetzt mit dem Brot?"

Sie zuckte zusammen. „Das Brot? Jaja, das Brot. Hol mir mal einen kleinen Topf. Darin erhitzen wir jetzt gleich Milch mit dem Mark einer Vanilleschote und etwas Butter. Aber zunächst brauchen wir noch was anderes."

Sie kippte Mehl in ein Haarsieb und siebte es in eine Schüssel. Dazu gab sie Eier, Zucker, Salz und Milch. Sie verrührte alles und ich rief: „Hey, das kenne ich. Das ist doch ein Pfannkuchenteig!"

Sie lächelte und nickte.

„Ja, meine Süße. Weißt du mit den Männern ist das so eine Sache. Sie mögen es süß und schwer und sind zufrieden und glücklich, wenn du ihnen genug zu naschen gibst. Zaubere Köstliches aus Zucker, Butter und Vanille, vergiss den Alkohol nicht, dann liegen sie dir zu Füßen. So ein Mann ist eigentlich ziemlich einfach gestrickt. Wir Frauen dagegen …"

Und sie drehte sich zum Herd, um die Milch zu erhitzen.

„Kennen Sie denn viele Männer?"

Ich wurde zusehends mutiger.

„Naja, was heißt viele? Einige besser, einige weniger gut. Wirklich wichtig in meinem Leben war eigentlich nur einer. Aber er ging fort." Und mit einem Schwung trat sie die Kühlschranktür zu, in der Hand den Topf mit der abgekühlten Weinmasse.

„Wohin ist er gegangen?"

„Wohin? Fort! Fort zu einer Anderen. Und dabei war ich gerade schwanger. Vor lauter Kummer hab ich dann sogar noch mein Baby verloren!" Sie schrie fast und hackte das Brotmesser in die Anrichte. Dann kam sie zu mir herüber, ganz nah, und sah mir mit wirrem Blick in die Augen.

„Sei gewappnet! Und pass auf, dass dir so was nicht passiert. Lass dir keinen zu nahe kommen. Trau keinem!"

Ich saß wie vom Donner gerührt und sah sie stumm an.

Dann drehte sie sich ganz unvermittelt um und hob die Eiweißmasse in den abgekühlten Wein-Eigelbmix. Die Behutsamkeit, mit der sie das tat, stand in krassem Widerspruch zum Zorn und der Wut in ihrer Stimme.

„Schön vorsichtig musst du das machen können. Unter

allen Umständen. Siehst du? So. Fertig ist die Woisooß."

Ich nickte erleichtert.

Dann legte sie Stück für Stück jede Scheibe Brot in die erhitzte Milch und ließ sie sich vollsaugen.

Diese milchnassen Weckschnitten tunkte sie in den Pfannkuchenteig, sodass sie von allen Seiten damit dick umhüllt waren.

Danach legte sie die triefenden Weckschnitten nacheinander in eine Pfanne, in der sie vorher Butter erhitzt hatte.

Sofort breitete sich ein wunderbarer Duft in der Küche aus, der mir das Wasser im Mund zusammenlaufen ließ.

Als die Weckschnitten goldbraun gebacken waren, tunkte sie sie noch in einen Riesenberg aus Zucker und Zimt.

Sie legte mir eine große Portion Weckschnitte auf den Teller, füllte eine Schüssel mit Woisooß, holte einen Löffel aus der Schublade, strahlte mich an und sagte: „Lass es dir schmecken."

Ich probierte und es verschlug mir den Atem. Das war eindeutig das Köstlichste, was ich jemals gegessen hatte.

Ich verschlang die ganze Portion und als mein Teller und die Schüssel leer waren, füllte sie mir wieder nach und ich aß und aß und aß.

Zufrieden, satt und ziemlich benommen von der vielen Woisooß verabschiedete ich mich von meiner Nachbarin und ging nach Hause.

Ob es an dem vielen Essen oder an dem vielen Wein lag oder an den Enthüllungen, die sie preisgegeben hatte, weiß ich nicht, aber nach kurzem Dämmern wurde ich gegen Mitternacht schon wieder wach und konnte nicht mehr einschlafen.

Gegen 2 Uhr hörte ich unsere Haustür und schlich zum

Fenster. Ich sah meinen Vater über die Straße gehen. Er steuerte geradewegs auf die schwere Eichentür gegenüber zu.

Ich öffnete das Fenster.

„Papa?"

Er stutzte, drehte sich um und sah mich am Fenster stehen.

Wir schauten uns stumm an.

Dann machte er kehrt und kam nach Hause zurück.

Damals hatte es natürlich Ermittlungen gegeben wegen der vielen Todesfälle. Insgesamt sechs Männer hatte es dahingerafft. Allesamt junge Familienväter oder solche, die im Begriff waren, welche zu werden.

Die zuständige Kommissarin befragte uns und all unsere Nachbarn und Bekannten. Der Gerichtsmediziner tat sein Bestes, aber er konnte kein Fremdverschulden nachweisen.

Es blieb, was es von Anfang an war: eine Reihe plötzlich versagender Herzen, offenbar verursacht durch einen ungewöhnlich heißen Sommer.

Unsere Nachbarin zog im folgenden Winter weg.

Ich habe nie erfahren, was ihre letzte Zutat war.

Vor einigen Wochen lud mich meine Freundin zum Essen ein. Sie kannte da einen Landgasthof, von dem sie mir schon oft vorgeschwärmt hatte.

Dort angekommen fiel mir eine Tafel auf, auf der in schwungvollen Lettern stand: „Heute Weckschnitte mit Woisooß!"

Ich bestellte sie mir und da war er wieder: dieser unvergleichliche Hauch von Muskat. Dieser köstliche Geschmack meiner Jugend. Die besten Weckschnitten mit Woisooß, die ich jemals gegessen hatte.

Unser Tisch stand in der Nähe der Küche und als ich einen Blick hineinwerfen konnte, sah ich sie zum ersten Mal seit Jahrzehnten wieder.

„Ah, siehst du? Die Chefin steht selbst am Herd", flüsterte meine Freundin. „Sie schmeißt den Laden hier ganz alleine, seitdem ihr Mann vor einiger Zeit überraschend gestorben ist. Sie sieht immer noch gut aus. Ich glaube, es geht ihr besser als vorher. Er soll ja hinter jedem Rock her gewesen sein."

Weckschnitte mit Woisooß

Für die Weckschnitte:
1 altbackenes Stangenweißbrot
850 ml Milch
Mark einer Vanilleschote
200 g Butter
350 g Mehl
3 Eier
1 EL Zucker, 1 TL Salz
Mischung aus Zucker und Zimt

Brot in Scheiben schneiden, einen halben Liter Milch erhitzen. Danach Vanillemark sowie 50 Gramm der Butter hinzufügen. Für den Pfannkuchenteig werden das Mehl, die Eier, der Zucker, 350 ml Milch und das Salz zu einem glatten Teig verrührt. Jede Brotscheibe zuerst in die erhitzte Milch legen, dann im Pfannkuchenteig wenden, so dass die Brotscheiben mit Milch durchtränkt und von allen Seiten dick mit Teig bedeckt ist. Die restliche Butter in einer Pfanne heiß werden lassen und die Brotscheiben darin schwimmend ausbacken bis sie goldbraun sind. In der Mischung aus Zucker und Zimt wenden.

Für die Woisooß:
0,75 l Silvaner
0,25 l Wasser
3 Zimtstangen, 1 Päckchen Vanillezucker
80 g Zucker
3 Eier, getrennt
eine Prise Muskat

Den Wein, das Wasser, die Zimtstangen, Vanillezucker und Zucker langsam erhitzen. dann den Topf vom Herd nehmen. Die Eigelb hineinrühren, Muskat hinzufügen, die Soße kalt stellen. Wenn die Soße kalt ist, die Eiweiß steif schlagen und unterheben.

(Quelle: Wolfgang Fenzl)

Die Autorinnen und Autoren:

Isabella Archan
Geboren 1965 in Graz/Österreich, Beruf: Schauspielerin mit langjährige Theaterengagements; Zur Zeit freischaffend in Köln; sie ist auch als Autorin von Kurzkrimis und Kinderge-schichten tätig. www.filmmakers.de

Jürgen Edelmayer
geboren 1958 in Wiesbaden, lebt heute mit Familie in einem kleinen Ort in der Nähe des Mittelrheins. 2006 und 2009 wur-den seine Kurzkrimis mit dem skurrilen Kommissar Auguste Le Meur für den Kärntner Krimi- bzw. Hörkrimipreis nominiert. Der eigenwillige Ermittler spielt auch in Edelmayers aktuel-lem Detektivroman „KnieFall" eine tragende Nebenrolle.

Dr. Karsten Eichner
Jahrgang 1970. Journalist, Historiker und Buchautor. Pres-sesprecher eines großen Versicherungskonzerns. Studium der Geschichte, Publizistik und BWL in Mainz und Glasgow, Promotion in Geschichte. Zahlreiche Veröffentlichungen, da-runter Krimis, Kurzgeschichten und Sachbücher. Mitglied im „Syndikat" und bei „Quo Vadis". Er lebt mit seiner Familie in Wiesbaden.

Antje Fries
lebt seit 1997 in Osthofen/Rheinhessen; derzeit an einem au-ßerschulischen Lernort sowie in diversen pädagogischen, journalistischen und literarischen Projekten tätig. Hat im Lein-pfad Verlag fünf Anne-Mettenheimer-Krimis und die Kurzge-schichten „Hägar" (in: Perfekte Opfer, 2009) „Einmal im Jahr" (in: Gleich nebenan, 2010) und „Crossover" (in: Mörderisches Rheinhessen 4. Ein Mord zu viel, 2011) sowie zusammen mit Angelika Schulz-Parthu die Anthologie „Weck, Worscht – Mord. Mörderisch gut aufgetischt" veröffentlicht. www.antjefries.de

Ines Heckmann
Jahrgang 1961, geboren in Worms, von Beruf Betriebswirtin, jetzt wohnhaft in Neuss. Das Schreiben sehe ich als kreativen Ausgleich zu der logisch strukturierten Tätigkeit meines Berufes. Seit 1996 habe ich diverse Kurzgeschichten in Anthologien, Gedichte, Sachartikel sowie zwei Bücher veröffentlicht und war mehrfach bei Schreibwettbewerben unter den Besten.

Jürgen Heimbach
Jg. 1961, Ausbildung zum Kaufmann, Studium der Germanistik und Philosophie, Theaterarbeit, heute als Redakteur bei zdf.kultur; er ist Mitglied in den Krimiautorenvereinigungen „Das Syndikat" und „Mörderisches Rheinhessen".
Veröffentlichungen: „Johannes' Nacht", Jugendkriminalroman; „Plötzlicher Tod einer Nutte", Kriminalroman, „Chagalls Rache", Kriminalroman sowie mehrere Kurzkrimis in Anthologien. www.juergen-heimbach.de

Elisabeth Heinemann
ist bekennende Darmstädterin, die sich der Magie Rheinhessens aber nicht erwehren konnte und deswegen ihrer Tätigkeit als Informatikprofessorin willen regelmäßig nach Worms an die dortige FH fährt. Daneben steht sie als Vortragsrednerin und Kabarettistin auf der Bühne oder sitzt als Schreibende vor dem PC. Ihr „kriminelles Debut" finden Sie, liebe Leserin, lieber Leser in der vorliegenden Anthologie.

Heidi Moor-Blank
Die Schreiblust war Ventil während des Rückzugs ins reine Mutterleben. Unterstützung und Inspiration gab die Mitgliedschaft bei den „Mörderischen Schwestern". Nach der Rückeroberung des Arbeitsplatzes in einem Softwarehaus bleibt nur noch wenig Freizeit – deshalb reicht es ‚nur' für Krimi-Kurzgeschichten. Schließlich muss noch genügend Zeit blei-

ben für die weiteren Hobbys: Theater bei der „Kleinen Bühne Landau" und schwimmen und tauchen, wann immer es geht. www.heidi-moor-blank.de

Sarah Geraldine Nisi
geboren 1979 in Hildesheim, ist studierte Wirtschaftsjuristin, lebt und arbeitet in Düsseldorf. Während des Studiums führte ihre Begeisterung für andere Kulturen und Sprachen zu Aufenthalten in Lyon und London. In ihrer Freizeit widmet sie sich mit Erfolg dem Verfassen von Kurzkrimis; ein Roman ist in Arbeit.

Claudia Platz
M.A., geboren in Ludwigshafen/Rhein, aufgewachsen in Rheinhessen und der Pfalz, verheiratet, drei Kinder. Ausbildung zur MTA und Studium der Anthropologie, seit 2001 freie Autorin. Veröffentlichungen: „Der Lubberer", RosenmonTod", „Der Korridor" (alle Rhein-Mosel-Verlag), „Der zweite Blick", „Die falschen Caesaren" (beide Leinpfad Verlag) sowie diverse Kurzgeschichten in verschiedenen Anthologien. Mitglied der „Mörderischen Schwestern" und Mörderisches Rhheinhessen". www.claudiaplatz.de

Petra Scheuermann
geb. 1959 in Frankenthal/Pfalz, wohnt heute in Mannheim. Berufe: Autorin, Diplom-Sozialarbeiterin, Heilpädagogin, Erzieherin. Veröffentlichungen in mehreren Anthologien, schreibt Prosa und Fachliteratur. Mitglied im Vorstand des Literarischen Zentrums Rhein-Neckar e.V. „Die Räuber ′77" und der Autorinnengruppe „Mörderische Schwestern". www.petrascheuermann.de

Angelika Schröder
wurde in Herford geboren, studierte in Siegen Pädagogik, an-

schließend in München Völkerkunde. Heute lebt sie im Ruhrgebiet, arbeitet hauptberuflich als Grundschullehrerin und hat mit 40 wieder angefangen zu schreiben, zunächst Theaterstücke für Kinder, später Kurzgeschichten und Romane. Ihre Vorliebe gilt den heiteren Kurzkrimis, in denen Frauen sich auf ihre eigene, ganz spezielle Art emanzipieren.

Andrea Tillmanns
geb. 1972 in Grevenbroich; lebt nach vielen Jahren in Aachen nun im beschaulichen Oberzier (nahe Düren). Die promovierte Physikerin lehrt und forscht an der Hochschule Niederrhein in Mönchengladbach. Zuletzt erschienen der Aachen-Krimi „Tod im Wasser" (Wartberg-Verlag) und das Kindergarten-Praxisbuch „Floßfahrt, Wippe und Regenbogen" (Dreieck-Verlag). www.andreatillmanns.de

Gabriela Wenke
geb. 1947 in Wiesbaden. Studium ab 1966 in Mainz, wo sie bis 2002 auch lebte. Journalistin mit dem Schwerpunkt Kinder- und Jugendliteratur; 1982 Gründung von ESELSOHR, Fachzeitschrift für Kinder- und Jugendmedien, Chefredaktion bis 2001. Danach Freie Journalistin und Autorin.

Sabine Zwetsch
Geschichtenerzählen war schon immer ihre größte Leidenschaft. Sie studierte Sprechwissenschaft und arbeitet neben einer Festanstellung bei einem Bildungsträger auch freiberuflich als Kommunikationstrainerin; sie lebt mit ihrer Familie in Ober-Olm, liebt Wanderungen durch Weinberge und Wälder, Wohnmobilurlaube, Chorgesang und ihr „alte" Heimat Idar-Oberstein.

Lieben Sie Krimis? Wir haben noch mehr!

Vera Bleibtreu: Schneezeit
ISBN 978-3942291-20-0, 172 Seiten, Broschur, 9,90 €

Franziska Franke: Der Tod des Jucundus
ISBN 978-3942291-18-7, 292 Seiten, Broschur, 11,90 €

Antje Fries: Stille Wasser mahlen langsam (2. Auflage)
ISBN 978-3-937782-28-7, 208 Seiten, Broschur, 9,90 €

Antje Fries: Kaltgestellt oder: Die Rechte des Fälschers
ISBN 3-937782-43-5, Broschur, 252 Seiten, 10,90 €

Antje Fries: Knielings Garten
oder: Gegen jeden ist ein Kraut gewachsen
ISBN 978-3-937782-69-0, Broschur, 240 Seiten, 10,90 €

Antje Fries: Kleine Schwestern
ISBN 978-3-937782-81-2, Broschur, 188 Seiten, 9,90 €

Antje Fries: Nibelungen-Tod
ISBN 978-3-937782-97-3, Broschur, 256 Seiten, 10,90 €

Jürgen Heimbach: Plötzlicher Tod einer Nutte
ISBN 978-3-937782-86-7, Broschur, 312 Seiten, 11,90 €

Jürgen Heimbach: Chagalls Rache
ISBN 978-3942291-19-4, 324 Seiten, Broschur, 11,90 €

Peter Jackob: Narren-Mord. Ein Mainzer Fastnachts-Krimi
ISBN 978-3-937782-87-4, Broschur, 200 Seiten, 9,90 €

Peter Jackob: Das Leben ist kein Tanzlokal. Krimi
ISBN 978-3-942291-29-3, 224 Seiten, Broschur, 9,90 €

Richard Lifka/Christian Pfarr: Hilfe! 10 Beatles-Krimis
ISBN 978-3-942291-24-8, 160 Seiten, Klappenbroschur, 11,90 €

Christian Pfarr: Zaubernuss
ISBN 978-3-937782-78-2, Broschur, 206 Seiten, 9,90 €

Christian Pfarr: Königsweg oder: Der steinerne Zeuge
ISBN 978-3-937782-84-3, Hardcover, 80 Seiten, 9,90 €
Claudia Platz: Die falschen Caesaren.
Ein historischer Krimi aus dem römischen Mainz. 2. Auflage
ISBN 978-3-937782-65-2, Broschur, 314 Seiten, 11,90 €
Andreas Wagner: Letzter Abstich. Ein Weinkrimi
ISBN 978-3-942291-08-8, Broschur, 208 Seiten, 9,90 €
Andreas Wagner: Hochzeitswein
ISBN 978-3942291-21-7, 232 Seiten, Broschur, 9,90 €

Ganz zu schweigen von unseren wunderbaren Krimi-Anthologien:

Wolfhard Klein (Hg.): Perfekte Opfer.
13 neue Kurz-Krimis aus dem Mörderischen Rheinhessen
ISBN 978-3-937782-89-8, 240 Seiten, Hardcover, 14,90 €
Antje Fries (Hg.): Gleich nebenan.
Neue Kurzkrimis aus dem Mörderischen Rheinhessen
ISBN 978-3942291-05-7, 232 Seiten, Broschur, 10,90 €
Christian Pfarr (Hg.): Mörderisches Rheinhessen 4.
Ein Mord zu viel
ISBN 978-3-942291-27-9, 224 Seiten, Broschur, 10,90 €

Leinpfad Verlag –
der kleine Verlag mit dem großen regionalen Programm!
Leinpfad Verlag, Leinpfad 5, 55218 Ingelheim
Tel. 06132/8369, Fax: 896951
www.leinpfadverlag.com, info@leinpfadverlag.de
Wir schicken Ihnen gerne unser Programm!